長編本格推理
書下ろし

扉《とびら》は閉《と》ざされたまま

石持浅海《いしもちあさみ》

NON NOVEL

祥伝社

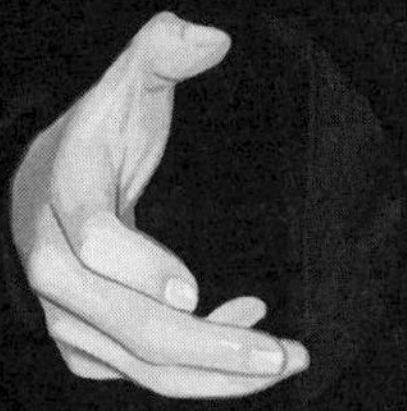

CONTENTS
目次

装幀　SONICBANG CO.,
カバーイラスト　サイトウユウスケ

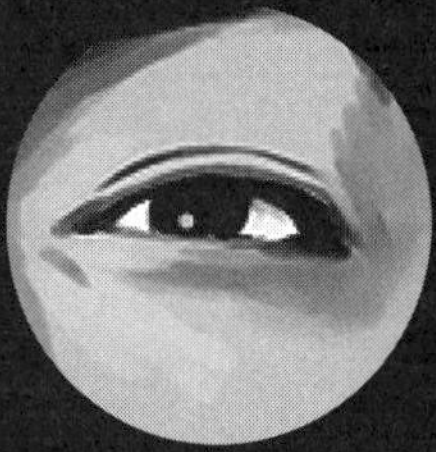

序章
扉は閉ざされた

伏見亮輔《ふしみりょうすけ》は部屋に入るなり、ドアの鍵をかけた。新山和宏《にいやまかずひろ》が部屋に戻ってドアを閉めたとき、施錠《せじょう》する音は聞こえなかった。今日はこの宿には知り合いしかいないから、セキュリティは気にする必要はない――新山自身がそう言っていた。言葉どおり、本当に鍵をかけなかったようだ。

ドアの錠は円筒錠と呼ばれる、ドアノブの中央にあるボタンを押して施錠するタイプの鍵だ。手袋をはめた手でボタンを押すと、かちゃりと音を立ててロックされた。ノブを握《にぎ》って軽く引いた。ほんの数ミリ――一ミリか、せいぜい二ミリ――ドアは動き、ロックによって固定されたボルトが、枠《わく》の受け具に当たって止まった。これで誰もこの部屋に入ってくることはできない。開けられることのないドアを背にして、部屋の様子を確認する。

部屋は横に長かった。ドアの正面に一間《いっけん》ほどの窓があり、その下に丸いテーブルと籐椅子《とういす》がふたつ置かれてある。右側には浴室とトイレに通じるドア。そのドアは閉じられていた。左側にはベッドがある。セミダブルサイズのベッドがふたつ並んでいた。ドアや浴室に近い手前のベッドと、左奥の壁に近いベッド。手前のベッドは空だったが、奥のベッドには人影があった。

窓に視線をやる。カーテンが半分開かれていた。朝の天気予報では、今日は一日晴れということだった。予報は当たっていたようで、窓からは柔らかな日差しが入ってきていた。まだ日暮れには早い時刻だが、窓が東向きだから部屋に入ってくる光量は弱い。照明が点《つ》いていない部屋は薄暗かった。ドアの脇にあるスイッチを押して、照明を点ける。部屋が明るくなり、細部まで見てとれるようになった。

広い、豪華な家具で飾られた個室。半分だけカーテンが開かれた窓から、テーブルの半分に陽《ひ》が当たっているのが見える。その足元にボストンバッグが置かれてあった。小旅行にちょうどいい大きさだ。テーブルの上には備《そな》え付けの電話機と電気スタンド。他には、ここ六号室の鍵と携帯電話、そして煙草《たばこ》にライターが置かれていた。この宿の構成は、禁煙室が四部屋に喫煙室が二部屋となっている。今回の参加者のうち、喫煙者は新山だけだ。伏見はもう煙草をやめている。でも元スモーカーだから煙草の臭《にお》いには抵抗がない。だから二人には喫煙者用の客室が割り当てられていた。灰皿には吸い殻《がら》が一本だけ残されていた。あれほど眠そうにしていたから、部屋に戻ってから寝入る前に吸ったとは考えにくい。吸ったとすれば、一度荷物を置きに入ったときだ。昼食時にはみんなの手前我慢していたから、部屋に入ってすぐに火をつけたのだろう。

ベッドに視線を移す。奥のベッドには新山が横たわっていた。銀縁《ぎんぶち》眼鏡をかけたまま目を閉じて、穏《おだ》やかな寝息をたてている。グレーのTシャツに、黒いジーンズ。掃除をしたときの服装そのままだ。汗まみれのまま着替えていないということは、新山はまだシャワーを使っていないということだろう。

新山はよく眠っていた。新山が伏見のアドバイスに従って薬を飲んだのを、伏見はその目で確認している。襲《おそ》ってきた眠気に耐えきれずに眠りこんだのだろう。新山の身体を軽く揺すってみる。なんの反応もない。昏睡《こんすい》状態ではないかと思えるくらい深い眠り。ここまではすべて計算どおりだ。

少しの間、新山の寝姿を見下ろしていた。自分の腰に手を当てる。かすかな幻痛を感じた。新山から視線を外《はず》し、浴室に向かう。この客室は、浴室と洗面台、そしてトイレの入り口が共通だ。中にそれらを分けるガラス製のしきりがあり、浴室には浴槽と身体を洗うスペースが設《もう》けてある。日本人は湯船に入るのが好きなのに、多くのホテルではそれがやりにくくなっている。女性客のホテルに対する不満点をリサーチして、このような構造にしたのだそうだが、今回の計画に湯船を使いたかった伏見にとってもありがたい設備だった。

浴室は乾いていた。やはりまだ使用されていないようだ。浴槽の栓《せん》をして、蛇口《じゃぐち》をひねった。側面にある調節レバーで、湯温を四十三度にする。最初は水が出てきたが、すぐに水は湯に変わった。浴室に湯気《ゆげ》が立ちこめてくる。

湯を張っている間に、別の作業に移る。新山は眠ったままだ。テーブル下のボストンバッグを開き、中を確かめる。まず目についたのは、衣類でくるまれたウィスキーのボトルだった。新山が土産《みやげ》として持ってきた品だ。けれどここに滞在している人間がこのウィスキーを飲むことは、おそらく、ない。

ウィスキーをくるんでいたのは、緑色のTシャツだった。今日の分の、入浴後の着替えだろう。他にはチャック付きビニール袋に入った一日分の使用済み下着が入っていた。そしてその下に歯ブラシやシェーバーがひとまとめにして、防水袋に入れてあるのが見えた。そこにはボディスポンジなど、新山愛用の入浴グッズなどはないようだ。邪魔になるウィスキーをボストンバッグから取り出して、テーブルの上に置いた。窓からの日差しがボトルを透過して、琥珀《こはく》色の影をテーブルに落とした。伏見はウィスキーの横にある携帯電話が気になった。作業中に電話がかかってきたら、新山は目を覚ましてしまうかもしれない。伏見はウィスキーから手を離し、携帯電話を取り上げた。マナーモードに切り替える。これで邪魔されずに済む。携帯電話を元々《もともと》あった場所に置いた。

伏見は作業を再開した。バッグからウィスキーをくるんでいたTシャツと新しいトランクス、そして使用済み下着の入ったビニール袋を取り出す。テーブル脇の籐椅子にTシャツとトランクスを掛け、足下にビニール袋を置いた。

浴室を覗《のぞ》き、湯の量をチェックする。まだ十分な量が入っていないのを確認して、部屋に戻った。ベッドに向かう。新山はまだ眠っている。

ドアの片隅からゴム製のドアストッパーを取りあげた。くさび形の、内側からドアの下に挟《はさ》んで使うタイプのものだ。この宿はチェーンロックがなく、ドアノブに取り付けられた錠にプラスして、このドアストッパーで外部からの侵入を防ぐようになっている。新山の腕を取り、ドアストッパーを握らせる。これで新山の指紋が付いた。ドアストッパーを床に置き、もう一度新山の傍《そば》に立つ。新山は伏見が見下ろしていることなどまったく知らずに眠っている。

浴槽が湯でいっぱいになった。伏見は自分の袖《そで》を肘《ひじ》までまくり上げると、そっと新山に近づいた。まず眼鏡を外す。眼鏡を枕元に置いた。腕時計も外して、同様にした。そして新山を抱き上げる。伏見はここ数年、スポーツジムに通って身体を鍛えている。細身の新山を苦もなく持ち上げることができた。肩に担《かつ》いで浴室に運ぶ。途中、浴室のドアノブ、仕切ガラス、蛇口に新山の右手を当て、指紋を付けた。まだ新山は目を覚まさない。

伏見は洗い場に新山をそっと下ろした。うつぶせにする。再び抱き上げ、新山の頭を浴槽にゆっくりと下ろす。頭を浴槽に沈めた。

両手で後頭部と襟首《えりくび》を押さえつける。はじめ新山は無反応だった。しかし数秒の後、新山の身体が痙《けい》攣《れん》を始めた。意識があるのかないのか、今の状況から逃《のが》れようと手足を動かそうとする。しかし頭を押さえつけられていては、新山にはどうすることもできない。痙攣はますます激しくなる。伏見は全身の力を込めて新山を押さえつけた。

痙攣が止《や》んだ。

なおも頭を押さえる。

一分。

二分。

三分が経過して、伏見は手を離した。新山はずるずると浴槽の外にずり落ちた。うつぶせになった身体を仰向《あおむ》けにする。新山が顔を見せた。目を閉じている。弛緩《しかん》しきった顔。死に顔とはこういうものなのかと思いつつ、その顔に手をかざす。呼吸は止まっていた。脈を取る。脈動は感じられなかった。血圧が極端に下がっている証拠だ。まぶたを指で開く。瞳孔《どうこう》は開いていた。ここまで来れば、新山はもう助からない。心臓はまだ動いていたが、それも再度頭を浴槽に沈めると、数分で止まった。腕時計を見た。午後四時五十分。これが新山があの世へ旅立った時刻だ。

伏見は新山の服を脱《ぬ》がせはじめた。死体は抵抗しないから、簡単に脱がせることができた。頭を浴槽に入れて溺《おぼ》れさせたから、Tシャツの襟ぐりが濡れてしまった。しかしそれは問題ない。脱がせた衣類を抱《かか》えて浴室を出る。籐椅子の座面に置いた。その際Tシャツの襟が一番上に来るようにする。このまま放っておけばTシャツは乾いてしまい、浴槽で濡れたことは誰にも気づかれないだろう。新山は部屋に戻ったら、すぐトイレに行きたいと言っていた。膀胱《ぼうこう》に尿は残っていなかったのだろう。窒息時にありがちな失禁がなくて助かった。

伏見は浴室に戻った。全裸になった新山を抱き上げ、仰向けに浴槽に入れる。それから新山の足を取って、浴槽から足が出るように引っ張った。必然的に新山の頭部が湯に沈む。その体勢にしたまま、そっと新山から離れる。シャワーヘッドを取り、浴室の床にざっと水を流す。自分の毛髪などが落ちている可能性があるからだ。そうしておいて浴室全体を見渡した。なにもおかしなところはない。

ハンカチで手袋ごと手を拭《ふ》いて、浴室を出る。戸棚からタオルを出した。フェイスタオルとバスタオル、そしてバスマット。バスマットを浴室の入り口に置き、バスタオルは浴室のドアに取り付けられたバーに掛けた。そしてフェイスタオルを浴槽に入れる。仕上げにベッド脇に脱ぎ捨ててあったスリッパを、ガラスで仕切られた浴室の入り口に置いた。これで入浴を示す偽装は完璧だ。「薬を飲んだ後入浴しようとして、そのまま湯船で眠って溺れた男」が完成した。

　伏見はパンツのポケットを探《さぐ》った。丸められたティッシュペーパーを取り出す。中には飯粒が入っている。昼食時に小さい固まりをわざと落として、それを拾い上げたものだ。外側の何粒かはティッシュペーパーに張り付いているが、中は無事だ。二粒取る。親指と人差し指で何回かこねると粘《ねば》り気が出てきて、即席の糊《のり》が完成した。

　伏見は左手で、新山の指紋を消さないようにドアストッパーを取り上げた。右手でゆっくりとドアノブを回す。かちゃりと音がしてロックが外れた。ゆっくりと、数センチ開く。外に人の気配はない。喫煙室のある「離れ」に滞在するのは伏見と新山だけだから、まだしばらくの間、ここには誰も来ないはずだ。さらに開いて顔を出す。廊下には誰もいない。

　伏見はかがみ込んで、ドアストッパーの先端に飯粒を付けた。それをドアの下端に押しつける。こねた飯粒のごく弱い粘着力で、ドアストッパーがドアに貼《は》りついた。ドアを少し動かす。ドアストッパーはドアと共に動いた。貼りつけ加減は自宅で何回も練習した。これでドアが閉まるまでくっついてくれるはずだ。ドアノブの施錠ボタンを押して、外に出る。飯粒は証拠になるが、自然な形で回収する方法も考えてある。

　廊下には誰もいない。廊下側のノブを持って左右に回してみる。ロックがかかっていて、動かない。そのまま静かに引く。三十センチを残して止めた。首だけ部屋に入れて、ドアの下を見る。ドアストッパーはきちんとドアについてきていた。首を抜き、ノブを引く。最後まで閉めようとして、ふと気づいた。

照明は、点けたままでいいのだろうか?
考える。窓を見た。窓の外はもう薄暗くなっている。宿に泊まる人間の心理として、暗くなっていく時間帯に、入浴時に部屋の照明を消すだろうか。

消さない、というのが伏見の結論だった。照明のスイッチには手を触《ふ》れずに、再びドアノブを握った。ゆっくりと引いた。

どん、と音がしてドアが閉まる。

ノブを左右に回してみる。ノブは回らず、ドアは開かない。仮に合鍵を使用して解錠したとしても、ドアストッパーが邪魔をしてドアは開かないだろう。

――よし。

伏見は一人うなずいた。

密室殺人、完了。

第一章

同窓会

「意外に普通の駅ですね」

石丸孝平《いしまるこうへい》が小田急《おだきゆう》線成城学園前《せいじようがくえんまえ》駅に降り立ったときの第一声が、それだった。

「だって成城っていえば、有名な高級住宅地でしょ？　だからその最寄《もよ》りの駅も、それなりのハイソな雰囲気なんだと思ってました」

「まあ、そうだな」伏見亮輔がうなずく。「新しくてきれいではあるけど、確かに他の駅と違ったところは特にないな」

「これなら福岡の地下鉄と、そんなに違わないです」

「余市《よいち》と比べたら、未来都市みたいだけどね」

新山和宏が横から言い、三人で笑った。

「駅は普通でも、建っている家は並大抵《なみたいてい》じゃないぞ」

伏見がそう言うと、新山が思い出したような顔をした。

「そういえば、伏見さんは今日の宿に泊まったことがあるって言ってましたっけ」

伏見はうなずく。「ああ。オープン直前に、安東《あんどう》に招待されたんだ。モニターになってほしいってな」

「なるほど」石丸も納得顔をした。「伏見さん、観察眼鋭《するど》いですからね。安東さんが頼りにするはずだ」

「庶民代表だからだよ。狙《ねら》った客層は庶民だからな」

また三人で笑う。

それにしても、と伏見は思う。不自然さを感じさせないように作り笑いをするのは辛《つら》い。これから殺人を犯《おか》さなければならないのに、その相手と談笑するのは相当にきつい作業だ。けれど今日は、学生時代の友人たちとの同窓会の日だ。懐かしい面々に再会できて喜んでいる自分を演出しなければならない。幸《さいわ》い伏見はもともと感情を素直に表すことが少ないタイプだから、表情の操作には慣れている。数年ぶりに会う連中に感づかれることはないだろう。実際二人の後輩は、屈託《くったく》のない笑顔を浮かべるだけだ。訝《いぶか》しげな表情はしていない。

改札を抜けると左右に出口がある。北口と南口だ。宿はどっち側だっけと思い出そうとすると、北口の方から声がした。

「伏見ー、こっちこっち」

声の方向に視線をやると、北口の隅に安東章吾《しょうご》が立っていた。人の良さそうな丸顔。少し太っただろうか。顎《あご》のあたりに肉がついている。しかし育ちの良さを感じさせる穏やかなまなざしは、昔と少しも変わっていない。大学在学中に伏見たちが所属していた軽音楽部内の有志、別名『アル中分科会』は、サークル内でも特に仲の良い集団だった。けれど卒業してからは個別に再会することはあっても、全員で集まることはなかった。そこで卒業以来はじめての同窓会をやろうと手を挙《あ》げてくれたのが、この安東だ。

安東の傍《かたわ》らには上田五月《うえださつき》がいた。こちらも相変わらず細い顎に細い目。厚めのレンズ越しに光る、夢も甘えもない、現実のみを見据《みす》える目つきは健在だ。伏見は軽く手を振って、二人に歩み寄った。

「ひさしぶり」

安東がそう言いながら腕時計を見る。つられて自分の腕時計を見た。針は正午を指《さ》している。「十二時の待ち合わせ、ぴったりだ」

「社会人なら当然ね」

五月が素《そ》っ気《け》なくコメントした。伏見や安東のひとつ先輩だったこの女性は、仲間うちでの待ち合わせに遅れたことがない。たいてい早めに到着して、近くを探検する。今回の同窓会は安東が幹事だ。その安東と並んで立っていたということは、今日も早めに来て駅周辺を散策していたのだろう。

「僕も社会人になったってことですかね」

石丸が胸を張った。「遅刻魔と言われ続けた僕が、きちんと待ち合わせ時刻に現れたんですから」

「なに言ってんだ」新山が石丸を軽くこづいた。「おまえが遅れないようにと、わざわざ東京に前泊までして、起こしてやったんじゃないか」

新山によると、石丸は今朝早く起きて飛行機に乗る自信がなかったから、昨日の夜に仕事を終えたその足で上京することにしたのだそうだ。しかしそうすると今度は、東京のホテルで朝起きる自信がなくなってきた。それで一年先輩である新山に声をかけて、同じホテルに泊まってもらうことにした。新山なら「東京で一緒に飲みましょう」と誘ったら必ず来てくれると思ったし、新山がいれば前の晩にしこたま飲んでいても、起こしてもらえると考えたようだ。伏見と安東は東京在住だから、この二人に頼めばいいようなものだが、さすがに二級上の先輩には頼みづらかったようだ。

「まったく、いつまで経《た》っても起きられないんだからな」新山が呆《あき》れた声を出す。「よくそれで社会人やってられるよ」

「そこはほら、大学の研究室は、朝遅くても文句を言われませんから」

「確かに、おまえ向きの職場だ」

「ともかく新山さん、恩に着ます」

「当然だな」

「ひょっとして新山くん」五月が口を挟《はさ》んだ。「ここに正午までに到着するためには、余市を今朝出発しても間に合わないんじゃないの？」

新山が頭をかいた。「ばれましたか」

「ええーっ？」石丸がのけぞる。「なんだ。感謝して損した」

「バカ」新山がまた石丸をこづく。「札幌《さっぽろ》前泊でも十分間に合ったんだ。そのほうが楽だしな。おまえのために、遅くなっても昨夜のうちに東京まで来たんだよ。だから俺がホテルに着いたのが、十一時を過ぎていただろう？」

「あら、そうでしたか」石丸は今度は神妙な顔をする。「本気で感謝します」

「当然だな」新山が笑う。

やれやれ——伏見は心の中で頭を振る。後輩の頼みなら深夜になっても駆けつける面倒見の良さと、それをわざわざアピールする自己愛傾向。新山は昔と少しも変わっていない。

「なんだ。そんなに大変だったんだ」安東が言った。「そんなことなら、言ってくれれば集合時刻をもう少し遅くしたのに。面倒かけて、すまなかったな」

先輩に謝罪されて、今度は新山が恐縮する。「いえ、大丈夫です。俺にも、東京で昔なじみのバーに行くって目的がありましたから」

「さすが『アル中分科会』の中心メンバーね」五月が呆れたように言う。「そのうち肝臓を壊すわよ。新山くんも石丸くんも、ほんと呑助《のみすけ》なんだから」

「五月さんにだけは言われたくないっす」

石丸がつぶやき、後頭部をはたかれた。

「俺はスマートなウィスキー愛好家です」新山がいかにも心外《しんがい》そうな口調で答える。「量を飲めれば満足、という石丸とは違いますよ」

そう言って、新山が大きなくしゃみをした。ボストンバッグから、なんとボックスティッシュを取り出して、盛大《せいだい》に鼻をかんだ。それをコンビニエンスストアの買い物袋に入れる。買い物袋はすでに使用済みのティッシュペーパーで膨《ふく》らんでいた。

「あら。新山くん、花粉症だったっけ？」

五月の問いに、新山はもう一枚ティッシュペーパーを抜き出しながらうなずいた。

「学生時代からですよ。でも今まではたいしたことはなかったのに、今年はひどいです」

「去年の夏が暑かったからな」伏見は重々《おもおも》しくうな

ずく。「飛んでる花粉の量も半端《はんぱ》じゃない。俺も今年はけっこうキテる」

　伏見がそう言うと、新山が嬉しそうな顔をした。

「伏見さんも花粉症ですか」

「人の不幸を喜ぶな」

「いえ、喜びます」

「ひどい奴だ」安東が笑った。「でも、今年から僕も仲間だから、やっぱり喜ぶかな」

　花粉症三人組は、一緒になって笑った。

「さ。じゃあ、行くか」

「でも、碓氷《うすい》さんがまだ来てないですよ」石丸が周囲を見回した。「いけませんねえ、遅刻は」

　今度は安東が石丸をこづいた。

「なに言ってんだ。碓氷さんはもう宿にいるよ。優《ゆ》佳《か》ちゃんと一緒に昼食の準備をしてもらってるんだ」

「あ、そうなんですか」

「それに、彼女はもう碓氷じゃないわよ。大倉《おおくら》」五月が言い添えた。

　そうだった。碓氷礼子《れいこ》は一昨年会社の同僚と結婚して、現在は大倉姓になっている。伏見は一学年下、新山の同級生だった礼子の顔を思い出す。瓜実《うりざね》顔に背中まである黒髪。そのためか、ずいぶんと古風な印象を与える顔だった。

「優佳ちゃん、綺麗になってるだろうな」

　石丸の目尻が下がる。

　優佳というのは、その大倉礼子の妹だ。瓜実顔が姉によく似ていたのを覚えている。仲のよい姉妹らしく、礼子は自分たちの集まりに、ときどき妹を連れてきていた。だから伏見たちも優佳のことはよく知っていた。礼子も優佳も神奈川県川崎《かわさき》市在住だから、礼子は東京の成城で行われるこの同窓会に、優佳も連れて来るということだった。

　伏見は優佳の黒い瞳を思い出す。長い黒髪も。少しだけ決心が揺れる。しかしその振幅はごく小さなもので、それが止むと、伏見の心には乾いた決心だけが残った。

安東が携帯電話を取り出して、なにやらキーを押している。メールを打っているようだ。

「うす——大倉さんに、全員揃《そろ》ったから家に案内するって連絡したんだ。みんなが着いたらすぐ昼飯にできるよう準備するから、駅を出るときにメールしろって言われたんでね」

安東はそう説明した。さすが礼子は主婦だ。段取りがいい。

「じゃ、行こうか。歩いても、何分もかからない」

そう言って安東は歩き出した。伏見たちも従う。

自分の旅行鞄を持ち上げた。ずっしりと重い。ワインが二本入っているからだ。今夜みんなに飲ませようと思って、わざわざ持ってきたのだ。

北口から駅舎を出た。高級スーパーマーケットの成城石井《いしい》を通り過ぎて、まっすぐ駅から離れていく。

「でも安東くん、本当にいいの？　宿泊費を払わなくていいなんて」

歩きながら五月が尋ねる。安東が鷹揚《おうよう》にうなずいた。

「もちろんです。こちらは『使ってやってる』立場ですから。逆に交通費を使わせてしまって、申し訳なかったです」

つくばからやってきた五月は、そんなことを言いたいわけではないと手を振った。

「いやそれは、同窓会だからいいんだけどさ」

「それにしても安東さんのお兄さんも、よくこんなところにペンションを開こうなんて考えたもんですね」

新山がくわえ煙草で言う。くしゃみをするたびに、あわてて煙草を口から離す。花粉症がひどくても、煙草はきっちり吸う。それが愛煙家というものだ。伏見もかつてはそうだった。

「まあ、まず建物ありきなんだよ。じいさんが死んでから住む人間がいなくてね。そこにちゃっかり兄貴が入りこんだだけさ」

安東はそう答えた。駅前の商店街を抜けて、周囲は個人の住宅が増えてきた。住所表示を見ると、「成城六丁目」と書かれてある。安東によれば、ここらあたりが最も高級といわれる住宅街なのだそうだ。一軒家が多い。それも一軒一軒が、伏見の常識から考えるとかなり大きかった。はじめて来る新山も石丸も、周囲をきょろきょろと見回しながら歩いている。実際そうなのだが、まったくのおのぼりさん状態だ。道を行く地元住民に奇異《きい》な目で見られないか、少々心配だった。

「ほら、あれだ」

本当に何分も歩かないうちに安東が道の先を指さした。全員が指し示す先を見る。

しばし一行の身体が石膏《せっこう》像になった。

「あれって」石丸がやっと口を開いた。「あれですか？」

「そう。あれ」

「おじいさんの家って言ってましたよね」新山はくしゃみをするのも忘れて、ただ呆然《ぼうぜん》としている。

「個人の住宅って大きさじゃないですよ」

「なるほどね」五月の言葉もため息混じりだ。「これなら安東くんのお兄さんが、ペンションに改造しようって考えたのもわかるわ」

目の前にあるのは洋館だった。新山の言うとおり、個人の邸宅という感覚では捉《とら》えづらい。それほど大きな建物だ。一度ここに来たことのある伏見ですら、その威容《いよう》にあらためて圧倒される。生《い》け垣《がき》に囲まれているため中の様子はよく見えないが、生け垣と建物の距離感から、広大《こうだい》な庭が広がっているのがわかる。窓の配置を見ると家自体は二階建てだとわかるが、それにしては高さがある。中に入っての、天井の高さが想像できた。本館と離れだ。それが二つの建物から構成されている。壁面は赤煉瓦《れんが》が埋《う》められ、屋根は黒色だ。子供が見たら「あ、お城だ」と言うだろう。つまり、そういう家だ。

「これ、いくつ部屋があるんですか？」

「個室なら十部屋だ。そのうち六部屋を客室にして、三部屋を兄貴一家がプライベートに使っている。残るひとつは物置だな」

「ほほー」と石丸が感嘆の声を漏らす。「10ＬＤＫですか」

「四十畳のパーティールームをリビングというならね」

もう誰もコメントしなかった。

一行は正門の前に立った。重そうな鉄扉《てっぴ》が閉ざされている。ペンションの看板は出ていない。ただ『安東』という表札だけがあった。

門柱には警備会社のステッカーが貼ってあり、その横にテンキーのついた端末が取り付けられていた。安東が暗証番号を押すと、重そうな鉄扉がスッと開いた。

「宿泊客には、宿泊期間中だけ使える暗証番号を教えるんだ。暗証番号さえ忘れなければ、深夜でも帰ってこられる」

門をくぐると、鉄扉は自動的に閉まった。

「お客さんの安全を守るために、けっこう厳重なセキュリティシステムが設置されていてね。門は今通ったとおり暗証番号がなければ開けられないし、生け垣にもセンサーが隠されていて、誰かが飛び越えたり侵入しようとしたら警報が鳴って、警備会社に連絡が入るようになっているんだ。窓もそう。外から力を加えると、警報が鳴る」

安東の説明に、石丸が感心したように唸《うな》る。歴史のある重厚《じゅうこう》な洋館に、最新鋭のセキュリティシステム。実用になるのはもちろんだが、いかにも宿泊客にウケそうな演出だ。

安東は友人たちを中に入れた。敷地の中には、外から想像できるとおり、広大な庭があった。

「これは」石丸がつぶやく。「庭というより運動場ですね」

そのとおりだ。伏見の実家など、この庭に三軒くらい建てられそうだ。芝生《しばふ》が敷《し》き詰められ、屋外でくつろげるテーブルやデッキチェアが置いてあった。今は三月で肌寒さが残るが、季候の良い季節ならば、ここでのんびりすると気持ちが良さそうだ。奥の日当たりの良さそうな場所には、家庭菜園らしき畑が見える。菜園の方は今は使われていないらしく、ただ黒土がむき出しになっていた。

端《はし》に目を転じれば駐車場がある。五台ほどの駐車スペースがあり、現在は二台分が埋まっている。そのうちの一台には、伏見も見覚えがあった。安東のサーブだ。もう一台は軽自動車。川崎ナンバーだから、先に来ているという大倉礼子の車なのだろう。

焦《こ》げ茶色のドアを開け、中に入る。玄関には女物の靴が二足置かれていた。

「ここで靴を脱いでくれ。なんといっても『個人の家』だからな」

安東は一足先に上がり、スリッパを人数分用意する。伏見たちは靴を脱いで、スリッパを履《は》いて上がりこんだ。

長い廊下を抜けて、食堂へ入る。安東がパーティールームと言っていた、四十畳敷きの広間だ。庭側の壁面全体が窓になっており、そこから太陽光が入ってきて明るかった。奥の方にはカウンターバーとビリヤード台がある。

部屋の中心に巨大なテーブルが置かれていた。十五人ほどが一斉《いっせい》に食事をとれる大きさがあった。

「なんか、漫画に出てくる金持ちの夕食を思い出しますね」

石丸がはしゃいだ声で言った。

「わかるわかる」新山も笑った。「大きなテーブルのなぜか両端に父親と娘が座っていて、まるでテニスをするような距離から言い争いをするんだろう？」

「そうそう」

「テーブルの真ん中なんて、どうやって拭くのかしら。手が届きそうもないけど」

五月が現実的な感想を述べた。

巨大なテーブルと窓の間には、いくつものテーブルがある。やはり高級品らしい重厚な作りだが、こちらはせいぜい四人が囲める程度の大きさだ。先ほど安東は、客室は六部屋だと言っていた。ということは、最大六組の宿泊客が投宿するわけだ。知らない同士の宿泊客を全員ひとつの大テーブルで食事させるわけにもいかないから、ほとんどの宿泊客はこちらを使うのだろうと思われた。メインテーブルは、どちらかといえば演出のために置いているのだろう。石丸が言うように、金持ちの象徴として。

窓と反対側の壁には、カウンターとドアがあった。カウンターもドアも、厨房《ちゅうぼう》に続いているらしい。安東がそのドアを開けた。中に向かって声をかける。

「大倉さん、みんなを連れてきたよ」

ほーい、と声がして、厨房から大倉礼子と妹の碓氷優佳が出てきた。


「あら、いらっしゃい」

大倉礼子がエプロンで手を拭きながら、弾《はず》んだ声で言った。

派手《はで》になったな、というのが伏見の第一印象だ。学生時代の黒髪は、今は栗《くり》色に染められている。化粧も上手になっているようで、全体に目鼻立ちがくっきりとしているように感じられた。もともと顔立ちは整っていた方だが、それによってますます美しさに迫力が出てきたようだ。

その礼子は、まるで家の主《あるじ》のように両手を広げた。

「狭《せま》いところだけど、まあくつろいでいってくださいね」

「おまえが言うな」

伏見が笑顔を作ってそう返すと、食堂に笑いが起こった。それをきっかけにして、全員がそれぞれに声をかけ合う。伏見は優佳に視線を向けた。「ひさしぶり」

「伏見さん、おひさしぶりです」優佳がぺこりと頭を下げた。長い黒髪が揺れる。頭が戻され、目が合った。「お元気ですか？」

「ああ、このとおり」

伏見はそう答えたが、優佳の瞳は動かなかった。じっと伏見を見つめる。「本当に？」

「え？」

一瞬なにを言われたのかわからなかった。優佳を見返す。優佳は無表情と笑顔の中間で顔の動きを止めていた。表情の選択に困った——そんなふうに。

「だって伏見さん、元気なさそうに見えますよ。具合とか、悪くないですか？」

「………」

あらためて優佳を見た。黒い瞳が心配そうに伏見に向けられている。昔とまったく変わりのない、美しい瞳。すべてを見透《みす》かしているような、その網膜に相手の内面まで映し出されてしまうような瞳。伏見は学生時代を思い出す。かつて自分はこの瞳に、言いようのない魅力を感じたのだ。魅力と、そして畏《おそ》れを。

「——痩《や》せたから、そう見えるのかな」伏見は自分の頰《ほお》に手を当てた。「ここ三カ月で三キロ痩せたから」

「ええーっ、いいなあ」横から礼子が言う。「どうやったんですか？　伏見さん、教えてくださいよ」

「死ぬほど残業をしたんだよ」

「あ、そりゃだめだ。わたし今、専業主婦だから」礼子はからからと笑う。優佳もつられて笑った。視線が伏見から外れる。伏見は小さく息をついた。

「じゃあ、今からお肉を焼きますから、すぐにお昼ご飯を食べられますよ。みんな手伝ってくださいね」

礼子はそう言って厨房に消えた。伏見たちも後に続く。

「みんな、焼き加減は？」

全員がレアと答え、礼子は仲が良くてよろしい、と笑った。

礼子と優佳が三口のガスコンロに向かい、フライパンを三つ使ってステーキを焼きはじめた。七人分を一度に焼くつもりらしい。伏見たちは礼子と優佳の指示に従って食器を取り出し、スープを注《つ》ぎ、サラダを取り分けた。

「どのテーブルで食べる?」

五月が冷蔵庫からビールを取り出しながら尋ねた。

新山が即答した。「そりゃあ、あの大テーブルでしょう」

「賛成」石丸が追随《ついずい》する。

「安東くん、あれ使っていいの?」

「いいですよ。どうせ七人が囲めるテーブルなんて、あれ以外にありませんし」

金持ちの象徴と言われたテーブルに、伏見たちが料理を並べていった。よく見ると、食器はロイヤルコペンハーゲンだ。以前からあったものなのか、それともオープン時に揃《そろ》えたものだろうか。とにかく徹底して金がかかっている。「こんな料理を載せるのが申し訳ないな」と礼子が笑う。

ステーキが焼け、全員がテーブルに着いた。

伏見亮輔。

伏見と同期の安東章吾。

一学年先輩の上田五月。

一学年後輩の新山和宏。

やはり一学年後輩の大倉礼子。

二学年後輩の石丸孝平。

そして大倉礼子の妹、碓氷優佳。

大学の同窓生六人と、関係者一人の合計七人が揃った。

「やっぱりこのテーブル、大きすぎますね」

新山が苦笑した。確かに七人だけだと、等間隔で並ぶとお互いの距離が空きすぎる。片方の端に固まることにした。「大テーブルの意味、なかったですね」

「しょせん、わたしたちは庶民ってことよ」

五月が悟《さと》ったように言った。

「じゃ、食べようか」同窓会の発起人である安東が言った。「まず、全員分の昼食を作ってくれた、碓氷姉妹に拍手ーっ」

拍手がわき起こる。礼子は胸を張り、優佳は困ったように頭を下げた。

拍手が静まり、安東が再び口を開いた。

「いや、急な誘いにもかかわらず来てくれて、みんなには本当に感謝しています。考えてみれば僕と伏見がマスターを出てから六年も経つのに、一度も同窓会をやっていなかったのは、大学の地元民として怠慢《たいまん》だったと反省しています。今日と明日は、その分を取り返しましょう。『アル中分科会』再集結を祝して、乾杯」

安東はビールのグラスを高々《たかだか》と掲《かか》げた。

「乾杯！」

全員で唱和して、グラスを傾《かたむ》けた。会社の宴会ではないから、その後拍手は起こらない。代わりに新山が大きなくしゃみをして、また笑いが起こった。

「いや、全員元気そうでなにより」

安東が言い、石丸が言葉を継いだ。

「誰か、臓器を提供した人はいませんか？」

「いるわけないだろ？　みんな生きてるんだから」

新山がつっこみ、笑いが起きた。

昼食はビーフステーキとレタスのサラダ、そしてポタージュスープという、シンプルかつ豪華なものだった。それにライスが付く。

「こんな豪華な屋敷でチープなお昼だけど、我慢してくださいね」

礼子が言うと、石丸が「いえいえ」と首を振った。「とんでもない。いつも発泡酒にホカ弁ですから。エビスビールにステーキなんて、涙が出ます」

そう言いながらも石丸は涙は流さず、がつがつと食っていた。礼子は笑う。

「ところがビールは家の近くの安売り店だし、牛肉は特売のオーストラリア産なの。実はけっこう安かったりして」

「おいしけりゃ、なんでもいいです」

　同感、同感と五月がうなずく。確かに美味なのだろうとは思う。今回の犯罪計画を決めたときから、伏見の舌は正常な味覚を失っている。それでも皿に載っている料理が美味なことは、今までの経験からわかる。だから伏見もうまそうに目の前の皿に相対《あいたい》した。

　伏見に限らず、誰もがうれしそうな表情で食事をしている。その顔から察するに、久しぶりに食べる礼子の料理に、味以外の要素を見出しているようだ。

　酒好きが集まったこのメンバーだが、礼子だけは少し事情が違う。彼女は酒が好きというよりは、むしろ酒肴《しゅこう》が好きだった。食べるのが好きなだけではなく、自《みずか》ら調理するのも好きだった。だから誰かのアパートで飲むときは、かならず礼子が肴《さかな》を作ったものだった。けれど伏見たちは「飯《めし》炊《た》き女」として礼子を扱ったわけではない。むしろその逆だ。伏見たちが食べたこともない珍しい肴が食べられるとあって、ほかのメンバーは材料費を出して、ときには調理器具代まで出して、礼子に「作っていただいた」のだ。だから『アル中分科会』の男たちは、いまだに礼子に頭が上がらないところがある。

「――それで安東くん。今日はどうしてまた、こんな豪華な宿にわたしたちを招待してくれたの？　そろそろ裏の事情を聞かせてくれる？」

「いや、別に裏はないですよ」安東は自分のコップにビールを注ぎ足した。「来るときにもちょっと言ったんですが、ここは元々じいさんの家だったんです」

　安東の話によるとこうだ。亡くなった安東の祖父は、実業界の大立者《おおだてもの》だった。ここ成城に邸宅を構《かま》え、何人もの書生を住まわせていたらしい。しかし祖父は自分が築いたコングロマリットを子供たちに継がせようとはせずに、子供たちに自立を促《うなが》した。しつけも行き届いていたのだろうし、教育にも金をかけたのだろう。四人いた子供たちはそれぞれ別の道に進み、ある程度の成功を収めたそうだ。祖父が亡くなったとき、その莫大《ばくだい》な財産は子供たちが相続した。そのとき財産の配分でもめなかったのは、金に困った人間がいなかったことに起因しているらしい。伏見は以前安東からその話を聞いたことがあった。大金持ちの遺産相続といえば、どろどろとした骨肉《こつにく》の争いを想像していた伏見は、少し拍子《ひょうし》抜けしたものだった。

遺産相続の際、子供たちが扱いに困ったのが成城の住居だった。子供たちはすでにそれぞれ自分の家を持っていたし、この家は古いうえに核家族が住むには広すぎた。兄弟の誰も、わざわざ引っ越すと言いだす者はいなかった。かといって幼少の頃の思い出が染《し》みついた家を、他人に売り払ったり取り壊したりするのもためらわれる。けれど家は誰も住まなくなると途端《とたん》に傷《いた》む。困っていたところに現れたのが、安東の兄だった。

最高の教育を受け、自らも財をなしていた安東兄弟の父は、自分の子供にもたっぷりと金をかけた教育をした。安東は大学院を修了して、海外の論文や技術文献を翻訳する仕事に就《つ》いたが、安東の兄は料理人を志望した。大学を卒業した後にフランスへ渡り、彼《か》の地で本場のフランス料理を学んだのだそうだ。金持ちの坊ちゃんとはいえ、決して道楽で料理学校に通っていたわけではなかったようで、現地のレストランに雇《やと》われて、それなりの評価を受けていたらしい。その兄が祖父の屋敷の事情を聞き、そこで商売をしたいと言いだしたのだ。

「そこで名目上親父が遺産としてこの家を相続して、兄貴が改装したんです。ただ、兄貴が少し工夫をしたのは、ここをただのフランス料理屋にするつもりではなかったということです」

「それでペンションなの？」

「そうです。オーナー兼《けん》料理人として、奥さんと二人で、ここを始めたんですよ」

祖父の血を受け継いだのか、安東の兄はなかなかの商才の持ち主だったようだ。祖父の代からあるものをできるだけ利用して、水回りや空調、セキュリティシステムを最新のものに取り替えた。そして各個室にバストイレを取り付ける。

「そうやって体裁《ていさい》を整えてから、『ここに泊まれば成城に住んだ気になれる』っていう売り文句で商売を始めたんです」

安東の兄の狙いは当たった。なにしろ本物の上流階級の人間が実際に住んでいた家だ。すべてに金がかかっている。しかも出てくる料理は、本場フランスで修業を積んだシェフによるものとくれば、話題にならないわけがない。女性誌が取り上げ、雑誌を読んだ主婦やOLがハイソな気分を味わおうと押しかけたのだ。開業して二年も経たないうちに、最も予約の取りにくい宿のひとつとして話題になるほどの成功ぶりだった。

「ところが、その兄貴が身体を壊しちゃったんです」

安東はあまり深刻そうな顔も見せずにそう言った。

開店まで突っ走り、開店後は押し寄せる宿泊客への対応で休む暇もなかった。本人は気づかなかったのだろうが、やはり無理をしていたのだろう。医者から三カ月の療養を言い渡され、最愛の細君《さいくん》から懇願されては、泣く泣く休業するしかなかった。蓄《たくわ》えは潤沢《じゅんたく》にあったし、資産家の両親も健在だから生活に困ることはなかったが、やはり気になったのはこの屋敷だった。

「先ほども言いましたが、家ってのは人が住まなくなると、どんどん傷んでいくものらしいですね。そこで兄貴が僕を呼んで言いつけたんですよ。ときどきここに来て、換気と簡単な掃除をするようにって。できれば少しは住処《すみか》として使ってほしいとも言っていました」

安東はビールを飲み干《ほ》した。「そこで思いついたのが、ここでの同窓会なんです。みんな部屋を汚したり、酔って暴れたりする人間じゃないから、適度に家の空気を動かすにはぴったりの人選です」

五月がにやりと笑う。

「部屋が六つで、客もちょうど六人だしね」

「ご明察。僕は兄貴の部屋で寝ます。それに、このメンバーがいいのは人数だけの問題じゃなくて、その内訳《うちわけ》もいいんですよ」

「内訳？」

「はい。ここの客室構成は、禁煙室が四つと喫煙室がふたつです。そして今日の参加者の中には、喫煙者が一名と元喫煙者が一名」安東は伏見と新山を見た。「ね、ぴったりでしょ？」

「なるほど」新山が笑う。「俺の煙にも、役に立つことがあったってことですか」

「そういうこと。持つべきものは不摂生《ふせっせい》する後輩だな」

「それでも安東さんが、それだけの理由でわたしたちを呼んだとは思えませんね」

優佳がさらりと言った。

「え？　なに？」

安東が聞き返す。なんのことかわからない、という顔をしているが、耳が赤くなっている。動揺したときの安東の特徴だ。

「この家は、一人で掃除するには広すぎるから」優佳の目が笑っていた。「労働力を集めて、みんなに家中の掃除をさせるつもりなんでしょう？」

「いや、決して、そんなことは、ないよ」

安東の耳が赤さを増している。五月が爆笑した。

「なんだ、そんな裏があったのか——いいわよ。掃除くらい。ね？　みんな」

「いいっすよ」石丸が即答した。「力、ありあまってますから」

伏見も同意した。「もちろん。金持ちの家中を見て回るチャンスだ」

全員が賛成し、安東が「申し訳ない」と頭を下げた。

「それにしてもさすが優佳ちゃん。するどい」新山が感心したように息を漏《も》らす。「着眼点が違う」

いえ、そんなことはと優佳が首を振る。

新山の言うとおり、優佳は昔から鋭かった。状況を俯瞰《ふかん》し、その先を読むことに長《た》けていたのを憶《おぼ》えている。けれど安東が掃除のことを言いだすのは、伏見にも読めていた。安東から同窓会の話を聞いたとき、決行はこの宿でと決めていた。滞在した経験があり、中の様子がわかっているからだ。しかし伏見がここを訪れたのはオープン直前の一度だけ。その後客の要望を取り入れてリファインされているかもしれない。伏見が知らない設備などが取り付けられていると、計画に支障を来《きた》す。それを掃除によって確認する必要があった。また、新山には一汗かいてもらわなければならない。だから優佳が指摘しなければ自分が言いだすつもりだったのだが、その必要はなかった。事態の進展には、できるだけ自分が関わらないようにしておきたかったから、優佳の頭脳はありがたかった。

午後の予定が決まり、昼食が再開された。

「そういえば石丸くん、助手になったんだって？」

肉を飲み込んで、礼子が口を開いた。

「ええ」石丸が紙ナプキンで唇に付いた泡をぬぐう。「博士課程を出て、そのまま居座りました」

「寝坊するために」

新山が茶々《ちゃちゃ》を入れて、笑いが起こった。

石丸は伏見たちと同じ大学の学生だったが、大学院に進学するときに福岡の大学を選んだ。修士課程からそのまま博士課程に進み、博士号を取ると同時に在籍していた研究室の助手になったのだという。

「僕がドクターを取ったときに、助教授が他の大学に移りましてね。その際腹心《ふくしん》の助手を連れて行ったんですよ。だから助手のポストがひとつ空いて、うまくそこに入れたんです。たまたまですよ」

「いやいや、立派なもんだよ」

「丁稚《でっち》と呼ばれた石丸くんが、大学の先生になるとはねえ」五月がわざとらしくため息をつく。「わたしも歳をとるはずだ」

伏見たちのグループでは、石丸は最年少だった。だから先輩たちから雑用を頼まれることも多く、伏見たちは冗談半分で「丁稚」と呼んでいた。番頭に出世した丁稚は、わざとらしくもみ手をして笑う。

「いえいえ、まだお若い」

うるさいわね、と石丸の頭を軽くはたいておいて、五月は視線を新山に向けた。「新山くんはずっと余市なの？」

「いえ。最初は名寄《なよろ》でした。余市は二ヵ所めです」新山がスープ皿を空けた。「いずれは札幌に戻ると思いますが、まだしばらくは田舎《いなか》暮らしでしょう」

細身の身体と細い顎、銀縁眼鏡の新山は、眉毛のつながった縄文人のような顔つきの石丸に比べると、はるかに研究者顔をしている。けれど新山は大学には残らずに、故郷の公務員になる道を選択した。一人息子として、高齢だった親に何かあったときに、すぐに駆けつけるためだ。新山が戻ってきた後、まるでそれを待っていたかのように両親が相次《あいつ》いで他界したから、新山はその本来の目的を達したとも言える。

新山は眼鏡を外して、アレルギー性結膜炎用の目薬を差した。新山は学生時代から強度の近視で、眼鏡を外せば石丸と五月の区別もつかないと言っていたくらいだ。だから眼鏡を外した顔をほとんど見たことがない。その素顔に、伏見は単に数年ぶりという以上の感慨を覚えた。

「公務員も悪くないですよ」新山は眼をしばたたかせながらそう言った。「残業はないし、有給休暇もきちんと取れる。もちろん部署にもよりますが、俺が今いるところは非常に快適です。まあ、成田《なりた》空港が遠くなって、昔のように気楽に海外旅行へ行けなくなったのが、不満といえば不満ですけど」

「そっか。新山くんは、よくバックパックを背負って東南アジアへ行ってたものね」

「しょっちゅう海外旅行に行って、日本では高い酒を飲んでた」伏見が嘆息《たんそく》した。「安東よりよっぽどお坊ちゃんだ」

「そんなことはありませんよ」新山がにやりと笑う。「悪いことはみんな東南アジアで覚えてきましたから。清廉潔白《せいれんけっぱく》な安東さんとは違います」

「今でも外国で悪さをしていないことを祈るよ。北海道の将来のためにね」

「いえいえ」新山はおどけて両手を振る。「まだまだバリバリやりますよ。落ち着くにはまだ若いですから」

ああ、と伏見はため息をついた。心の底から出たため息だった。おおげさね、と五月が笑う。

「でも、新山さんなら東京の一流企業にも勤《つと》められたでしょうに、もったいない気もしますね」

石丸が嘆息したが、新山は笑うばかりだ。要《よう》は、新山は北海道に帰りたかったということだろう。以前から「東京は自分には合わない」と言っていた。新山は言葉どおりに道の公務員試験を受験し、見事合格して北海道へ帰った。言行《げんこう》一致でけっこうなことだ。

だから今まで実行に移せなかったのだ。

「五月さんは、今もつくばでしたっけ」

「そう。相変わらず、雇われ研究員。契約が切れたら『はい、さよなら』よ」

「そのときはまた別の研究機関へ行くんでしょう？」

「まあね」

「結局理系で研究職をやっていないのは俺だけか」伏見はわざとらしくため息をつく。「見事に落ちこぼれたな」

「伏見さんは、はじめっから研究者になる気がなかったんじゃないですか」優佳が言った。「そうでしょう?」

「どうだかな」そう言いながら伏見はライスをすくったが、フォークから飯粒がこぼれて、テーブルの上に落ちた。

「あ、動揺してる」礼子が笑った。「うん、動揺した」と返して、ポケットからポケットティッシュを取り出す。小さな飯粒の固まりをティッシュペーパーにくるんだ。

「まあ伏見は地味な基礎研究をやるよりも、企業の第一線でバリバリやる方が似合ってるけどね」安東が一人うなずく。「正しい選択だと思うよ。医療関係のベンチャー企業だっけ」

「ああ。そこで企画をやっている」

「そうですよね」石丸が身を乗り出した。「今、けっこう話題になってる企業でしょう? 『東洋経済』の特集記事を読みましたよ」

「よく知ってるな」

「新聞の広告欄に、健康診断キットの見出しがあったんで読んでみたんです。案《あん》の定《じょう》、伏見さんの会社が載ってました」

「ああ、そういえば」安東も思い出したらしい。「三年くらい前だっけ。変な感染症の検査キットを送ってきたね。新製品のモニターになれって」

新山もうなずいた。黙ってビールを飲む。伏見はそれを横目で見ながら口を開く。

「そう、あれだ。今や会社の立派な稼《かせ》ぎ頭《がしら》だよ」

「すごいじゃないですか」

「優佳ちゃんはまだ大学院だっけ?」伏見が優佳に話を振る。自分の話はしたくない。

「ええ。博士課程に進んだところです」

「まだ火山学?」

「はい」

「すごいね。女だてらに火山とは」石丸が感嘆したように息を吐く。

「本当に、優佳は家族を心配させてばかりなんだから」礼子がおばさんの口調で言った。「物騒なものばっかり興味を持っちゃって」

「インディ・ジョーンズじゃないんだから」五月が言った。「別に火口に飛び込もうってわけじゃないでしょう」

「いや、危険はありますよ」新山が首を振る。「雲《うん》仙普賢岳《ぜんふげんだけ》のときには、火山学者が何人も亡《な》くなっているし。——っても、優佳ちゃんの方が詳《くわ》しいか」

優佳が微笑《ほほえ》む。完璧な、操作された微笑み。

「危険なことはしませんよ。研究はほとんどコンピューターシミュレーションだし」

「でも活動中の火山があったら、近づいてみたいだろう？」

優佳が舌を出した。「はい」

「やっぱり」礼子が慨嘆《がいたん》した。

「大丈夫だって」優佳は心配性の姉に言った。「火山で死んだら臓器も提供できないし、ね」

「それもそうだ」

新山がうんうんとうなずく。その場の全員が、無言で賛意を示した。

ここに集まったメンバーは、優佳を除いて大学で同じサークルに所属していた。軽音楽部というごくありふれたサークルで、幽霊部員も含めると常時四十人近くの名前が名簿に載っていた。その大勢の部員の中で、なぜここにいる六人だけが特別親しくなったのか。

伏見たちを結びつけたものは酒だと、周囲からは思われていた。飲み会のとき、伏見と安東が酒好きだということをお互い知って、つるみはじめたことがきっかけだったからだ。その後新山が大のウィスキー好きだということが判明し、仲間に加わった。そこに軽音楽部の重鎮で、うわばみの五月が参加し、酒肴作りの名人礼子と酒に詳しくはないが強い石丸が入ってきた。集まるたびに酒の話ばかりしている伏見たちを、ほかの部員たちは軽音楽部の『アル中分科会』と呼んだのだ。

けれど六人を結びつけたのは酒だけではなかっ

た。他の部員にはなく、伏見たちが持っている共通点。それが優佳の言った『臓器提供』だ。伏見たち『アル中分科会』の会員証。それが臓器提供意思表示カードだった。

最初に言いだしたのはやはり伏見だった。伏見は生物系の学部に在籍し、四年生になって研究室に配属になってからは、動物実験に明け暮れていた。そして実験に使う犬を解剖していたときに、ふと気づいたのだ。生物は、しょせんパーツの集合体だと。それならば、パーツは有効利用した方が、いい。

そう思った伏見はその足で近所のコンビニエンスストアへ行き、レジ前に置いてあった臓器提供意思表示カードをもらい、自分の名前を記入したのだ。その話を聞いた『アル中分科会』のメンバーは伏見に共鳴し、全員が同じカードを作った。だからこのメンバーは、何となく伏見がリーダーのような立場になっていた。

「やっぱり伏見さんが理科系だからですかね」

新山があらためて言った。「生き物をパーツの集合体として捉えたっていうのは」

「そうかもね」安東がビールを飲み干した。「確かに、人間を人格単位でしか見られない人間には、臓器それのみを取り出して利用するなんて考えられないだろうね」

「そうですね」今度は礼子。「脳死状態になっちゃったら、自分ではもう使えないんだから、せめて誰かに役立ててもらった方が気分がいいです」

「俺は」新山がにやりと笑う。「『自分が死んでも、臓器は他人の身体の中で生き続ける』ってところが好きだな」

五月がサラダを食べ終えて、紙ナプキンで口を拭いた。「新山くんは詩人ね。わたしなんか、せっかく使える内臓をただ火葬にするのは、もったいないって思っただけだけど」

「僕はいつもラットやウサギの臓器を実験に使っているから」石丸が半分もらった礼子の肉を片づけな

がら言う。「自分の臓器を他人に好き勝手に使われる覚悟はあります」

「だったら石丸くんの臓器は、ラットに食べてもらおう」

礼子が茶々を入れる。

「石丸はスキューバダイビングをやってるんだろう？」新山が続いた。「じゃあ、他人様《ひとさま》に提供する前に、海で溺れて魚の餌《えさ》だ」

五月がたたみかける。

「魚って、目から食べたりするんでしょ？　溺れ死んだ石丸くんの眼窩《がんか》から、ヤツメウナギがにゅるっと――」

石丸が天を仰《あお》いだ。

「そんなあ。そうなる前に引き揚《あ》げてくださいよ。角膜なんかは、心停止後でも十時間くらいは移植に使えるんだから」

情《なさ》けない声に、みんなで笑った。

「まあ、結局は自己満足だと思うぞ」伏見は笑いを収めた。「大倉が言ったとおり、自分で使えないから他人にプレゼントするんだもんな。自分が人の役に立ったことを、自分で知ることはできない。どんな人間に提供したのかも、移植手術が成功したかも知ることはできない。それでもいい、絶対うまくいっているはずだと思いこめる信念がないと、やってられないよな」

「あ、それ賛成です」優佳が黒い瞳を伏見に向ける。「脳死後の臓器提供は、基本的に自己満足っていうのは。でも生きているうちに、自分の健康を損《そこ》なわずに提供できるものもあるでしょう？」

伏見は不意《ふい》をつかれて優佳を見返した。

「――骨髄《こつずい》のことか？」

優佳の目が少し眩《まぶ》しそうに細められた。

「そう。伏見さん、提供したことがあるんでしょう？」

「ええーっ、伏見さん、そうだったんですかあ？」

石丸が頓狂《とんきょう》な声を出した。

「はじめて聞いた」新山も細い目を大きくした。「どうして教えてくれなかったんですか？　ここにいる人間は、みんなドナー登録しているのに」

「別に隠していたわけじゃないよ」伏見は苦笑の表情を作る。「骨髄を提供したのかどうか、誰も俺に質問しなかったからだよ」

「なにハードボイルドみたいなこと言ってんですか」

「しまった。先を越された」石丸が歯がみした。「なんか悔《くや》しいな」

「まあ、これればかりはご縁《えん》だから」

五月が笑いながら言う。

骨髄バンクにドナー登録している人間が、全員骨髄を提供するわけではない。バンクというくらいで、ドナー登録した人間は、自分の骨髄の型を「預けて」いるのだ。自分と同じ型の患者が骨髄移植を必要としている場合にのみ、登録者に案内がかかる。いくら本人に提供する意志があったところで、自分と同じ型の患者がいないことには骨髄は提供できない。だから五月が「ご縁」と言ったのは、的確な表現といえる。

「で、どうでした？　移植手術は」

身を乗り出す石丸に、伏見は素っ気なく言った。

「別に」

「別にって？」

「どうということはなかった、ということだよ。元気が有り余っているのに入院して、手術当日は麻酔で眠らされて、目が覚《さ》めた頃にはもう終わっていた。全身麻酔から覚めた後に多少気分が悪くなったのと、採取された腰がちょっと痛かったことだけが手術の証《あかし》だ。あっけないもんさ」伏見は肩をすくめた。「むしろ、手術前日の入院の方が辛かった。六人部屋の病室に入ったんだけど、居心地はめちゃくちゃ悪かったな。病室の皆さんは病気で苦しい思いをしてるのに、こっちはぴんぴんしているくせに有給休暇を取ってごろごろしているだけなんだぜ。入院費用だって移植を受ける患者持ちだ。逆に肩身が狭かったよ。いいから早くやってくれ、って感じだった。感動もなにもありゃしない」

「そんなもんですか」

「そんなもんさ。すべての行動に感動が添付されていると思うのは間違いだ」

石丸が感心したように口をすぼめた。「相変わらずクールっすね」

伏見はゆっくりと首を振る。

「そういうわけじゃない。ただ、骨髄を含む臓器提供は、その匿名性《とくめい》をもってよしとするところがある。そのためには、ドナーは部品に徹《てっ》する必要があるんだ。部品という言い方が嫌なら、治療スタッフの一員でもいい。とにかく、あっけなく終わるのが正しいんだよ」

「おおっ、なんかかっこいい！」

礼子が手をたたいた。

「まあ、そんなことを言って似合うのは、伏見と優佳ちゃんだけだな」安東がいつの間にかコーヒーを淹《い》れて、みんなに配って回っていた。「ところで、優佳ちゃんはどうして伏見の手術を知ってたんだい？　僕しか知らないと思ってた」

「あっ、そういえば」石丸が大声を出した。「まさか、伏見さんと優佳ちゃんは、二人だけでこっそり会っているとか――」

そんなわけないだろう、と伏見が軽くいなそうとしたが、礼子が先に口を開いた。

「そうだとしても、石丸くんには手出しできないわね。東京と川崎だと、距離も近いし」

「あーっ、やっぱり」

「お似合いだよ」安東も尻馬《しりうま》に乗った。「伏見と優佳ちゃんは同じタイプの人間だしね。賢くて、冷静で、物事に動じない」

「賛成、賛成」

「だから、そんなわけはないだろう」

この連中は放っておくと際限なく盛り上がろうと

する。早めに止めることにした。「そんな間柄だったら、三十にもなってこんな美人を放っておくわけがないだろう？」

しかし五月がにやりと笑う。「放っておいていないとしたら？」

「ひどいな。五月さんまで」

「だって」五月が眼鏡のレンズを光らせた。「もう時効だから言っちゃうけど、大学時代、二人で街を歩いているのを見かけたことがあるのよ」

うわーっと叫び声。石丸と新山が同時に発した声だ。

「伏見さん、ひどい。抜け駆けだ」

「優佳ちゃんに対しては紳士協定を結んだはずじゃないですか」

後輩たちの抗議がステレオで聞こえてくる。

「買い物につき合っただけだよ。よこしまな気持ちはなかった」多少の嘘を交《まじ》えて伏見は釈明する。

「な？　優佳ちゃん」

優佳が小さく笑った。「そうですね。残念ながら」

「今からでも遅くないから」今度は優佳の姉、礼子が乗ってきた。「伏見さん、優佳をもらってくれませんか？　専業主婦にしてしまえば、活火山に近寄ることもないでしょうし」

叫び声と笑い声が交錯《こうさく》する。サークル時代のノリに近くなってきた。卒業以来バラバラになってしまったメンバーだが、数十分も一緒にいると、もう当時の雰囲気に戻っている。

「それはともかく」優佳が騒音が収まるのを待って口を開いた。「安東さんの質問にお答えすれば、知りませんでした」

「えっ？」

「だから、わたしは伏見さんが骨髄の提供をした事実を知りませんでした」

安東がきょとんとする。「じゃあ、どうしてあんなことを？」

「あてずっぽうです」優佳はそう言った。「伏見さんの話を聞いていたら、なんとなくそうかな、と思ったんですよ」

「伏見の話って」場の視線が伏見に集まる。「伏見は、骨髄の話なんてしていなかったよな」

「ああ、していない」

伏見は短く答えた。優佳がうなずく。

「そうですね。でも、伏見さんが臓器提供について、結局は自己満足だって言っていたでしょう？」

「うん」と礼子が答える。妹がなにを言おうとしているのか、まったく理解できていない顔だ。

「そのときの伏見さんの説明が、詳しすぎたんです。伏見さんは『自分が人の役に立ったことを、自分で知ることはできない』と言いました。それはそのとおりです。自己満足の説明はそれだけで充分です。それなのに、伏見さんはさらに補足しました。『どんな人間に提供したのかも、移植手術が成功したかも知ることはできない』って。どうしてそんなに詳しく説明するんだろう。そう思いました」

優佳はコーヒーをこくりと飲んだ。

「とどめが締《し》めの文句です。『それでもいい、絶対うまくいっているはずだと思いこめる信念がないと、やってられない』。伏見さんはそう言いました。おかしな話です。わたしたちはそのとき脳死後の臓器移植の話をしていました。つまり、移植手術の際には提供者たる自分はもう死んでいるはずなんです。そのことが念頭にあれば、『うまくいっているはず』という現在進行形の言い方はしないのではないかと思ったんです。『うまくいくはず』と言うべきではないのか。わたしはそう感じました」

誰も口を挟まなかった。黙って優佳の話を聞いていた。

「このことからわたしが想像したのは、伏見さんはすでに何かを提供したのではないかということです。相手は誰だかわからないし、移植手術が成功したかもわからない。でも成功を信じている。自分の一部を受け取ってくれた人は、健康を取り戻したと信じている。だから『うまくいっているはず』という言葉が口をついて出たのではないか。そう思ったんです。もちろん伏見さんは生きて目の前にいます。脳死後臓器を提供したわけはありません。だから健康を損《そこ》なうことなく提供できる、骨髄の採取手術を受けたんじゃないか。そう思ったんです。——ね？　あてずっぽうでしょ？」

　広い食堂がしんとなった。

　全員が優佳と伏見を交互に見ていた。ややあって、安東が口を開いた。

「それだけのことを考えたの？　あれっぽっちの話から」

　優佳は困ったように笑う。「責任のある立場じゃないから、いい加減なことを考えただけですよ」

「でも当たった。——な？　伏見」

「ああ。大当たり」伏見は頭をかいてみせた。「こっちはそんなことまで意識してしゃべってないよ。まったく優佳ちゃんは、油断がならない」

「頭脳健在ってところスか」

　メンバーの誰もが優佳の説明に感心することしきりだった。

　伏見は皆の反応に、学生時代を思い出していた。学生時代、礼子が連れてきた優佳はまだ高校生だった。なにせこの外見だ。むさ苦しい男子学生に囲まれると、当然アイドル扱いされる。誰もがまるで親戚の子供を甘やかすように接していた。

　ところが優佳がとんでもない頭脳を持っていることがわかるにつれ、男たちの態度が変わった。年下のアイドルから、対等の友人に。そしてそれは、子供っぽい男子大学生の恋愛対象にもなり得ることを意味したのだ。新山が言った紳士協定というのも、それに由来している。優佳にアタックするときは、仲間に宣言してから——そんな取り決めが伏見、安東、新山、石丸の四人の間でなされ、それは卒業まで守られた。

　伏見は約束を守った。五月が見かけたという、優佳と街を歩いたときだって、別にデートしたわけではない。伏見が優佳に乞《こ》われて買い物につきあったのは、特に色っぽい理由があるわけではなかった。優佳が両親からパーソナル・コンピューターを買ってもらえることになり、優佳は当時手の届く金額になっていたアップル社のマッキントッシュ・コンピューターを買うことに決めた。そしてマッキントッシュに詳しい人間は、身近に伏見しかいなかったから、伏見が機種選びに手を貸した。ただそれだけのことだ。伏見は後輩たちとの約束を守った。優佳の方から伏見に何を言ってきたとしても、それは約束の範囲外のことだ。

　優佳が立ち上がった。

「さ、ご飯も食べたことだし、お掃除に取りかかりましょう」

　自分に関する話題を打ち切るような口ぶりだった。伏見も席を立とうとして、さりげなく声を上げた。「あ」

「どうしました？」

「花粉症の薬を飲まなきゃ。安東と新山は？」

「あ、いけね」

　そう言って新山もバッグを探る。鼻炎用の一般大衆薬を取り出した。「でも、こいつが効《き》かないんですよね。喉が渇いて、眠くなるばっかりで」

「じゃあ、俺のを試してみるか？　これも市販品だけど」

　伏見は自分の旅行鞄から、薬の箱を取り出した。

「これだ」

「え？　これって」新山が目を丸くする。「睡眠改善薬じゃないですか」

「そうだよ」

「そうだよって……」

「いわゆる睡眠薬とは違って、この薬は抗ヒスタミン作用があるんだ。だから花粉症に効果がある。いま新山が言ったとおり、花粉症の薬で眠くなることがあるだろう？　あれと同じだよ。ダメ元で試してみたんだけど、これがけっこういいんだ。それに――」伏見はわざとらしく声を潜《ひそ》めた。「大声では言えないけど、普通の薬と併用するとさらに効く」

「さすが伏見さん。医療ベンチャーは目のつけどころが違う」横で石丸が感心したようにうなずいた。

「でも、眠っちゃいませんか」

伏見は軽く手を振った。「そりゃ眠くなるさ。でも麻酔薬じゃないんだ。飲んですぐにこてんといったりしないよ。適当に身体を動かしていたら、まず眠らない。車の運転をする前とかじゃなければ、問題ないだろう」

「じゃあ、今日は掃除するだけだから、大丈夫だ」

新山が安心したような顔をする。これでこいつは薬を飲むだろう。伏見はビールのコップを持って厨房に向かった。水道で軽くすすぎ、水を入れた。水の入ったコップを持って食堂に戻る。

「俺は最近これなんだ」そう言いながら、自ら睡眠改善薬の箱を開けた。二錠取りだし、口に入れる。水で飲みこんだ。薬の効き方には個人差がある。伏見は事前に実験を繰り返して、この睡眠改善薬が自分には大きな効果がないことを確認している。だが、新山にとってはどうだろう。

「じゃあ、俺も試させてもらっていいですか?」

新山が箱に手を伸ばす。これが医師によって処方された薬なら、気持ち悪がって飲まないだろう。特定の個人に向けて処方された薬に対して、他人の拒絶反応は強い。しかしこれは薬局で誰にでも買える一般大衆薬だ。しかも目の前で伏見本人が飲んでいる。今年の花粉に困り果てている新山が関心を示すのは当然だった。伏見同様二錠口に含み、なおかつ自分が持っていた鼻炎の薬も飲んだ。

予想どおりだ。どんな薬でも、他の薬との併用については医師に相談するよう、注意書きに書いてある。けれど深刻な症状を呈《てい》している患者はそんなことは気にしない。投薬の間隔も決められたとおりには守らないし、症状が重いときに量を超《こ》したりするのは普通にやることだ。そして睡眠改善薬と鼻炎薬の組み合わせは、人によってはかなり深い睡眠をもたらすことを、伏見は会社の同僚を使って確かめている。新山がそうなっても、おかしくはない。

「ちょっと新山くん、大丈夫なの？　そんなに飲んで」

さすがに心配になったのか、五月が声をかける。

「大丈夫ですよ。これくらい」

「まあ新山にも効けば、俺も紹介した甲斐《かい》があったというもんだけど」

「じゃあ、僕も試してみようかな」

安東も睡眠改善薬に手を伸ばす。「伏見の勧めなら、効く可能性は高い」

安東は残ったビールで睡眠改善薬を飲み下《くだ》した。

「薬は効き目に個人差があるから、効かなくても知らんぞ」

「なに。オウン・リスクさ」

「それならいい」

言いながら伏見は立ち上がった。追随するように全員が席を立ち、使った食器を厨房に運んだ。

「みんなが掃除をしている間に、わたしが洗っておくから」

礼子が言った。厨房を見回しても、食器洗い機のようなものは置いていなかった。食器が高級品だから、機械で洗うのは怖いのかもしれない。

安東が自分のバッグから鍵束を取り出した。

「よし。まずみんな、荷物を部屋に置いてきてくれ。それからちょっとだけ労働だ」

安東が同窓生たちを連れて、階段に向かった。

「安東くん、さっき禁煙室と喫煙室があるって言ったわね」

五月が階段に足をかけて言った。個人宅とは思えないくらい階段が広い。『風と共に去りぬ』ほどではないが、それでも数人が並んで上ることができた。

「ええ。母屋の二階にある四部屋が禁煙室で、離れにある二部屋が喫煙室です」

「ということは、離れが伏見くんと新山くん？」

「そういうことになりますか」

「おおっ」石丸が声を上げた。「するってえと、男では僕だけが母屋ですか？　女の園《その》に男一人？」

「僕が一階にいるけどね」安東が言い、また笑いが起こる。階段を上りきった。

広い廊下にはカーペットが敷き詰められている。左手は壁があり、右手にドアが並んでいた。数は四つ。

「なんか、すごいドアですね」

石丸がいちばん手前のドアを眺《なが》めて言った。焦げ茶色の、歴史のありそうなドアだ。これだけの家で、合板ということはないだろう。最高級といわれる、国産天然ナラ木の無垢《むく》材製かもしれない。材質だけではない。表面に施《ほどこ》された豪奢《ごうしゃ》な飾り彫刻を見ても、そこいらの住宅の正面玄関など及びもつかないものだと想像できる。閉まっている、ただそれだけで排除されているような威圧感があった。機能的にはドアだが、そう呼んでしまうと軽々しい気もする。『扉』という表現の方がふさわしい。そんなドアだ。

「ああ。ドアはじいさんが住んでいた頃からのものを、そのまま流用しているんだ。開け閉めするときの感覚に、高級感がある」安東が説明した。「改築して宿屋にするときに、昔からのものは、できるだけそのまま残そうって話になったんだ。その方がお客さんが喜ぶからね。このドアなんて、その最《さい》たるものだ。けれどそれまで個室には鍵なんて付いていなかったから、ドアを傷めずに鍵を取り付けるのに気を遣ったそうだよ」

伏見はこのドアに見覚えがあった。開業直前に、モニターとして招待されたときから変わっていない。古く、高級で、同じものを探そうと思っても、まず見つかりそうにもないドア。

「手前から一号室、二号室と続いて、一番奥が四号室です。中の作りはほぼ同じですから、好きな部屋をどうぞ」

「じゃあ、僕が一番手前に入りましょう。安東さんからいつ用事を申しつけられても、すぐに対応できるように」

『丁稚』石丸が言った。

「いい心がけだ。女性陣は？」

「五月さんが一番奥をどうぞ」

優佳が最も年上の五月にそう声をかけた。一番奥が上座に当たるという判断だろう。しかし五月が首を振る。

「私は手前がいいわ。もう歳だから、長い距離を歩きたくない。それに、石丸くんが優佳ちゃんに夜這《よば》いをかけないよう、隣で監視しなきゃね」

「あ、それ賛成。じゃあ、私は三号室にします。優佳は一番奥の四号室にしなさい」

石丸がのけぞった。

「ああっ、みんなひどいな。僕がそんな人間に見えますか」

「見える」新山が即答し、爆笑があたりを包んだ。

結局一号室が石丸、二号室が五月、三号室が礼子、四号室が優佳となった。安東が一号室から四号室までのルームキーを鍵束から外して、四人に渡した。

「でも五月さん。見張るもなにも、部屋は完全防音ですよ。隣の物音や、廊下を歩く音なんて、部屋の中にいたら聞こえやしませんよ」

「あら」五月が二号室の鍵を受け取った。「それは助かるわ。石丸くんの不規則で不気味《ぶきみ》ないびきを聞かずに済む」

ひどい、と石丸が泣き真似《まね》をする。大学では教官の立場にある石丸も、このメンバーの中にあってはいいおもちゃだ。

「じゃあ、僕は伏見と新山を離れに案内しますから、五分くらい経ったら、さっきの食堂に下りてきてください」安東がノンスモーカー四人に声をかける。「それから鍵をかけるときは、内側のノブのボタンを押してくださいね」

「あれ。オートロックは付いてないんだ」

「はい。わざと付けていないんです。ここはあくまで個人宅で、客室はお客さんの自室という演出になっています。自分の部屋にオートロックがあるのも変でしょう?」

「なるほど」新山がうなずく。「まあ、知り合いしかいないから、鍵をかける必要もないでしょうけどね」

「まあね。でも合鍵までは持ってきていないから、鍵を閉じこめないように頼むよ」

「了解」

伏見たち三人は、本館に滞在する四人を残して、階段を下りた。

「離れには、一階からしか行けないんだっけ」

過去の記憶をたどりながら、伏見が安東に声をかけた。

「そう。だから離れの客室から母屋の客室には、階段を下りて渡り廊下を通って、もう一度階段を上らないと行けない。客室同士を行き来する必要はほとんどないから、二階には渡り廊下を造っていない。だから君たちが優佳ちゃんのところへ夜這いに行こうとすると、結構大変だよ」

「またそのネタですか」

三人で笑い合いながら離れの階段を上った。

「さて、どっちの部屋にする?」

「俺はどちらでも。伏見さんはどっちがいいですか?」

「新山が奥に入るといい。五月さん同様、俺ももう歳だからな。階段から近い方がいい」

じゃあ、と言って安東が伏見に鍵を渡した。札を見ると五号室と書かれてある。新山が六号室だ。

「じゃあ、五分後に」

安東はそう言って階段を下りていった。伏見はノブに鍵を差し込み、ひねる。がちゃりと音がして、ドアが内側に開いた。

部屋の中は、しばらく人が滞在していない匂いがした。少しだけほこりっぽい、よどんだ空気の匂い。厚手《あつで》のカーテンが引かれていて薄暗い。照明のスイッチを入れると、シャンデリアから眩しい光が降り注《そそ》いだ。

人工の光の下で、伏見はドアの内側を見た。ドアにはチェーンロックは付いていない。以前来たときのままだ。この宿が開業する直前、伏見はモニターとして招待された。そのとき安東の兄が「このドアに必要以上の穴を開けたくなかったんだ」と説明してくれたのを思い出す。「自宅の個室にチェーンロックが付いているのも変だしね」

それでは補助錠はどうするのかと伏見は尋ねた。いくら演出が重要でも、客室の鍵がドアノブの円筒錠ひとつでは、客は不安がるだろう。

「これさ」安東の兄は床から何かを拾い上げて、伏見に示した。それはゴムでできた、くさび形のドアストッパーだった。「内側から見ると、ドアと枠の間には数ミリの隙間がある。その隙間にこれを噛《か》ませるんだ。このドアは内開きだから、廊下からドアを開けようとしても、ドアストッパーに引っかかって開かない」

「なんか頼りないですね」伏見はコメントした。伏見はモニターだから、客が不満に思いそうな箇所に関しては、細《こま》かく指摘しなければならない。「廊下から物差しでも差し込めば、簡単に取れそうな気もしますけど」

「それは大丈夫」オーナーは言った。その意見を予想していたかのような口調だ。ドアを開ける。そうしておいて、ドア枠を指さした。「ごらん」

伏見がドア枠を見ると、枠の廊下側が少し出っ張っている。足下に視線を落とすと、やはり廊下側が少し高くなっているのが見えた。

「なるほど」伏見は納得した。「ドアを閉めたとき、この部分がドアを受けとめるんですね」

「そういうこと」安東の兄はうなずく。「つまずくほどの高さじゃないけどね。だからドアの下端と床の間には隙間がないんだ。外からは物差しを差し込んだりできないし、なにをやったって開かない。単純だけど、効果は絶大だ。これでドアを傷つけることなく、安全が確保できるのさ」

安東の兄は、弟そっくりの穏やかな微笑みを浮かべてそう言った。

そのときのドアストッパーが、伏見の足下にあった。伏見はそれを拾い上げ、ドアを少し開けてドアストッパーをドアの外側に嚙ませた。それから窓に向かい、カーテンを引いて窓を開けた。初春の冷たい空気が入ってくる。おそらく花粉も入ってくるだろうが、換気の方が重要だと思われた。ドアストッパーを嚙ませているから、風圧でドアが閉まることもない。

窓とドアをそのままにして、伏見は部屋の検分を行った。鞄をベッド脇に置き、まず浴室を見る。浴室はきちんと身体を洗えるスペースがあり、足を伸ばせる広い浴槽が取り付けられている。前回投宿したときと変わっていない。伏見はそれを確認して、軽く息をついた。計画遂行には、設備的な支障はない。それがわかった。

トイレで小用を済ませた後、ジャケットを脱いでクローゼットにしまった。昼食時に落とした飯粒はティッシュペーパーにくるんだまま、ジャケットのポケットに入れてある。

窓とカーテンを閉め、ドアからドアストッパーを外す。鍵をかけずに部屋を出た。財布、携帯電話、自宅の鍵と車の鍵が付いたキーホルダー、そしてこの部屋の鍵は、ライティングテーブルの上に置きっぱなしにした。掃除するには邪魔なものだし、どうせ盗むような人間はいない。

食堂へ行くと、すでに全員が揃っていた。

「ジャスト五分」安東が腕時計を見て言った。「さすが時間どおり」

「でも最後か」

「伏見さんにしちゃ、時間がかかりましたね」

石丸が余裕の表情を見せた。伏見より先に集合場所に到着したのが嬉しいらしい。

「トイレに行ってたんだ。昼にビールを飲んだから」

「あ。そういえば、行ってない」

石丸が途端にそわそわしはじめた。

「掃除して汗をかけば、大丈夫よ」

五月が言い、安東も「じゃあ、石丸には重労働をやってもらおう」と笑った。

「今日は、建物の共有スペースをざっと掃除してもらえればいいです。廊下と階段、それから食堂と厨房ですね」

「客室は?」

礼子の問いに、五月が答えた。「わたしたちが引き払うときにした方が、効率がいいわね」

「そうですね。じゃあ、庭は?」

「庭は、営業を再開するときに専門の業者に入ってもらうから、今日はいいよ」

安東が手早く分担を決めた。礼子と優佳が食器の片づけと厨房の掃除。五月と石丸が食堂。そして伏見と新山が廊下と階段を掃除することになった。家主代理の安東は一階の共用トイレと受付カウンター、そして玄関を担当する。

「それほどぴかぴかに磨《みが》きあげる必要はありません」安東は掃除道具の入っている場所を示しながら、そう言った。「掃除機をざっとかけて、ほこりを簡単に払ってくれればいいです。綺麗にするというより、家の中の空気を動かすことが大切ですから」

「わかった。じゃあ、取りかかろう」

伏見と新山は廊下の掃除をするべく離れに向かった。渡り廊下を通りすぎたところで、新山に声を掛ける。

「あれから体調はどうなんだ?」

「上々です」掃除機を抱えた新山が笑った。「その節は、お世話になりました。でも、伏見さんが検査結果を持ってわざわざ来てくれたときは驚きましたよ」

「驚いたのはこっちだ」声をすこし尖《とが》らせる。「キットを洒落《しゃれ》で送ったら、なんと黒なんだからな。まあ、比較的簡単に治る病気でよかったよ」

「本当に、早期発見できたのは、伏見さんのおかげです。あれ以来、十分注意していますよ」

「注意して、ね」

二人で掃除に取りかかった。窓の桟《さん》にはたきをかけ、カーペット敷きの廊下に掃除機をかける。階段も一段一段に掃除機を使い、手すりを乾拭《からぶ》きする。いくら豪邸といっても、学校の校舎ではない。廊下がそんなに長いわけがないから、三十分も経たずに自分たちの持ち分が済んでしまった。

「なんだ、もう終わっちゃいましたね」

新山が額《ひたい》の汗をTシャツの裾《すそ》でぬぐった。身体を動かしているとすぐに暑くなるだろうからといって、長袖のシャツを脱いできたのだ。そのTシャツはすでに汗を吸って濡れている。

「しかたない。他を手伝うか」

掃除機を道具入れにしまい込んで、伏見は言った。

「じゃあ、俺は食堂を手伝いますから、伏見さんは厨房へ行ってください。優佳ちゃんのところへ」

新山がひひひ、と笑う。バカ、とこづいて二人で母屋の階段を下りた。

「どうだい」

空いていたサンダルを履いて伏見が厨房に入ったとき、碓氷姉妹はまだ食器と格闘しているところだった。

「あ、伏見さん。そっちは終わったんですか?」

優佳は皿を布巾《ふきん》で拭いていた。「じゃあ、手伝ってください」

「そのつもりだけど」伏見は厨房を見回した。この分では、厨房の掃除にはまだ取りかかれていないらしい。

「予想外」礼子がフライパンを洗いながら慨嘆した。「作るより片づける方がよっぽど大変だわ」

優佳もうなずく。ロイヤルコペンハーゲンの皿を伏見に示した。

「ほら、食器が高級でしょう？　割ったら大変だから、洗うのに気を遣っちゃうんですよ。そうっとそうっと洗ってたら、いつまで経っても終わらなくて」

なるほど。確かにそうだ。

「手伝うよ」

「すみません。じゃあ、洗ったお皿、一緒に拭いてください。綺麗な布巾がそこの引き出しに入ってますから」

「あいよ」

伏見は優佳と並んで、洗いかごに入った食器を布巾で拭いた。優佳が言ったとおり、丁寧《ていねい》にやろうとするとなかなか大変だ。伏見も一人暮らしだから食器は自分で洗っているが、安物をぞんざいに扱っている。しかしここでは、そんなわけにもいかない。

礼子は調理器具を洗い終えたようだ。しかしその扱いは、優佳に比べてずいぶんと雑だ。不思議に思って見ていると気がついた。調理器具は、食器に比べて妙に庶民的なのだ。安東の兄はパリで修業してきた、プロのフランス料理人だ。そんな人間が職場で使うようなものには見えない。

「調理道具は私が家から持ってきたんですよ」礼子が伏見の指摘に答えて言った。「だって、プロの調理器具を素人《しろうと》が使えるわけないじゃないですか。下手《へた》に使ってだめにするのがオチです。そんなことになったら、安東さんのお兄さんに申し訳ないですから」

だから自分の家で使い慣れた調理器具を積んで、軽自動車で運んできたらしい。

やはり魅力的な子だ。

伏見は礼子について、あらためてそう思う。整った顔立ちをしているのに、高慢なところがない。フットワークがよく、行動のひとつひとつに思いやりが感じられる。優佳のような天才肌ではないけれど、男が好きになるタイプの女性だった。月並みな表現だが、大倉氏はいい嫁さんを見つけたと思う。

それでも学生時代、伏見は礼子でなく優佳に惹《ひ》かれた。惹かれて、そして――。

「そういえば、大倉のご主人はどうした？　今日、連れてくるかもしれないって言ってたそうじゃないか」

自分の思いを振り払うように、伏見は礼子に尋ねた。礼子はからからと笑った。

「いや、それが急に出張になったんです」

「出張？　どこに？」

「中国です。うちの会社は、北京《ペキン》に工場があるんですよ。旦那は指導担当工場の生産技術課にいるから、新製品を作るたびにオンラインに呼ばれるんですよ。一度行くと、二カ月くらい帰ってきません」

「それは大変だな」

「でも、その間お姉ちゃんはわたしと遊びまくっていますから」

「有閑《ゆうかん》マダムってとこね」

二人はくすくすと笑う。こんな表情をしていると、この姉妹は本当によく似ていると思う。外見は。

「よし、片づけおしまい！」

礼子が調理台を拭いて宣言した。「じゃあ、ささっと掃除しちゃいましょう」

厨房の床は、水を流せる作りのようだった。優佳が厨房の隅にホース付きの蛇口を見つけて、床に水をまいた。伏見がゴムの付いたトンボでその水を切っていく。流した水を排水口に落とし込んで、掃除完了とした。

「伏見さん、どうもありがとうございました」

洗った手をハンドタオルでぬぐいながら、優佳が礼を言った。伏見の目をまっすぐに見てくる。

「いや……」伏見はさりげなく、軽く首を振る仕草《しぐさ》を装《よそお》って視線をそらせた。「持ち分が早く終わっただけだよ。こっちこそ、面倒な仕事を押しつけて、すまなかったな」

「いいえ。でも、夕食の片づけは、別の人にやってもらいます」

礼子がエプロンを外した。

「そのとおり。さ、行こう」

三人で食堂に入ると、掃除を終えた面々が窓際のテーブルを囲んで座っていた。揃って疲れた顔をしている。旅先での労働は、各人に実際の仕事量以上の疲労をもたらしたようだ。もちろん疲労困憊《こんぱい》してうなだれているわけではない。同窓生たちの顔に浮かんでいるのは、楽しい遊びを終えた後のような、充実した疲労感に見えた。その中でも新山は特に眠そうで、目がとろんとしている。

安東が伏見たちに気づいて声をかけた。

「お疲れ」

「そっちも終わった？」

「ああ。——みんな、どうもありがとう」

「なに、運動不足の解消になったわ」五月がけだるい表情で言った。「いい汗かいた。礼子ちゃん、ビール飲みたい」

「えー？　さっき飲んだのに？」

「お昼のビールは、とっくに汗になったわよ。もう身体には残ってない」

しょうがないな、と言いながら礼子が厨房に引き返し、缶ビールを人数分持ってきた。五月がプルタブを開ける。プシュッと小気味《こきみ》のいい音がした。

「これを飲んだら、少し部屋でうだうだしよう」そう言いながら、缶ビールをあおった。

「賛成」新山が目を閉じたまま手を挙げた。「俺も移動続きで足がむくんだから、風呂に入って足を伸ばしたいです」

「そうですね」石丸も同調した。「僕も汗かいたから、シャワーを浴びてきます」

「おっ。身だしなみに気を遣っているな。やっぱり優佳ちゃんがいるからか」

　安東が茶々を入れると、石丸は否定しようとはせずに、むしろ胸を張った。

「そりゃそうですよ。汚いのがいちばんもてませんからね。まだまだ伏見さんには負けませんよ」

「どう見ても不戦敗ね」

　五月が冷たく判定し、石丸はよよと泣き崩《くず》れるふりをした。

「でも、部屋でのんびりして、上流階級の気分を味わうのも悪い選択じゃないな。ここは元々そういう宿だ」伏見が話を進めた。「どうせ今夜は酔っぱらって寝ちゃうんだから、部屋の雰囲気を味わうどころじゃないだろう。元気なうちに、少しだけでもこの宿の良さを味わうのもいい」

「賛成」新山があくび混じりに言った。「夜のために英気を養《やしな》っておきましょうよ。今晩のために、地元からウィスキーを持ってきたんです」

「ええっ！」石丸が素早く反応した。「ひょっとして、ニッカの余市蒸留所ですか？」

「そう。よく知ってるな」

「そりゃあ、もう。でも、まだ飲んだことないんですよ」

「なに？　それ」礼子が首を傾《かし》げる。新山が眠そうな目を、少しだけ大きくした。

「ニッカは余市に蒸留所を持っているんだけど、そこでは限定品が売られているんだ。一般市場には並ばずに、蒸留所まで見学に来た人間だけが買える稀《き》少《しょう》品がね。ニッカのモルトウィスキーは、少しオレンジがかったような香り立ちが特徴だ。それをさらに華《はな》やかにした感じの酒だな」

「ああっ！　新山さん、僕が言おうとしたことを」

　石丸の抗議を新山は聞き流した。「悪いな。実際に飲んだことのある者の勝ちだ」

　石丸がおおげさに悔しがる。

「まあいいじゃない。今夜飲めるんだから」

「そうっすね」石丸がころっと表情を戻す。「新山さん、それ、今どこにあるんですか？」

「まだバッグに入れてある。貴重な酒を日光に当てたくないからな。まあ楽しみにしててくれ」新山の鼻の穴が、少し大きくなった。目はとろんとしてるが、酒の話になると止まらないらしい。「余市のカスクストレングス、シェリー樽《だる》の十五年物なんだから」

「ほう」伏見は感心した。「さすが新山、いい品を持ってくるな」

「新山くんは昔っからウィスキーマニアだったもんね」礼子が懐かしそうに目を細めた。「八匹百円の鰯《いわし》でご飯を済ませるくせに、五千円のウィスキーを平気で買ってた」

「そうだっけ」

「確かにこの宿にふさわしい酒だ。でも、高かったんじゃないのか？　割り勘にしていいぞ」

伏見が言うと、新山が片手を振った。「めっそうもない。お土産ですから」

「じゃあ、ありがたく飲ませてもらうよ。安東、ここには確かバカラのグラスがあっただろう？　カスクストレングスだから、どうせ水で割らなきゃならない。あれで水割りを作ろうぜ」

「よし。それを楽しみに、ひとまず解散しよう」安東が飲み干したビール缶を握りつぶした。「今が――三時五十分だから、二時間休憩して、六時にまたここに集合しよう。そしたら全員で夕食の準備だ」

「うぃっす。――夕食の献立はなんですか？」

「鍋の材料を買ってあるわよ」

「いいっすね。まだまだ夜は冷えるし」

「でしょ？　安東さん、鍋はありましたか？」

「ああ、あったよ。四人用の土鍋がふたつ。カセットコンロはさすがになかったから、これは家から持ってきた」

「すると、ふたつの鍋を七人で囲むのか」新山が眠そうにつぶやいた。「石丸と同じ鍋に当たらないようにしよう」

ひとしきり笑いが起こり、その場は解散となった。

伏見は新山と共に離れへ向かう。

「うー、トイレ行きたい」階段を上りながら新山がつぶやく。

「ビールを飲んでばかりだからな」

「そうですね」そう言いながら新山は大きなあくびをした。「さすがに眠いですね」

「薬が効いているんだろうさ。その証拠に、掃除をしている間、くしゃみが出てなかっただろう?」

「そういえばそうですね。伏見さんが勧めてくれたとおり、あの薬、なかなかいいですね。明日、帰りがけに買おう」

明日があればな——そんなことを思いながら伏見は階段を上る。五号室の前に立った。

「じゃあ、二時間後に」

「はい」新山は六号室のノブを握る。ひねると、ドアはスッと開いた。やはり新山は鍵をかけていなかった。

「新山、汗をかいたままの服で眠るなよ。風邪をひくぞ」

自室に消える新山に声をかけた。ほーい、と返事が聞こえ、それが小さくなり、ドアが閉まった。耳を澄ませる。内側から施錠する音は聞こえなかった。

伏見も部屋に入った。ドアを閉め、内側から鍵をかける。今までの喧噪《けんそう》が嘘のように、伏見の周囲を静寂が支配した。その静けさで、伏見はあらためて人を殺そうとしている自分に気づく。

ひとつ息をつく。スリッパを脱いで、汗をかいた服装のままベッドに転がった。

腕時計を見た。午後三時五十五分。新山は昼食時にビールを飲み、食後に睡眠改善薬と鼻炎薬を同時に飲んだ。その後すぐ、掃除という軽い運動をして、またビールを飲んだ。奴が熟睡する条件は整った。三十分も待てば、伏見は死んだように眠っている新山の姿を見られるだろう。

腕時計のアラームを、午後四時二十五分にセットする。ベッドの上で目を閉じた。伏見も新山とほぼ同じ行動を取っている。違うのは睡眠改善薬を飲むとき、同時に鼻炎薬を飲まなかったことくらいだ。だから薬の効きすぎで熟睡する危険性は低いが、それでも眠ってしまう可能性はあるはずだ。それなのに、今の自分が眠りにつけるとは、伏見にはとうてい思えなかった。

あと三十分で、自分は目的を達することができる。

そう思うと、心は穏やかではいられなかった。けれどそれは、不安でいてもたってもいられないとか、極度の緊張で身体が強張《こわば》ってしまうとか、そういう感覚ではない。かといって、逆に遠足を待つ子供のようにわくわくしているわけでも、もちろんない。

今の自分の気持ちを、どう表現すればいいのだろうか。伏見は自分の心を探った。自分の裡《うち》にあるさまざまな感情を丁寧に拾い上げて、それを言葉にしようとした。だが、自分の心情を訴える相手などないことに気づき、伏見は独《ひと》り苦笑する。

そう。自分は独りだ。殺人をすると決めたときから、それも仲のよい後輩である新山を殺そうと決めたときから、自分は独りになった。当然のことだ。殺人を心に誓った瞬間から、自分は心を許せる友を持つ資格を失った。その自覚があるからこそ、うわべでは学生時代からまったく変わっていない、冷静で頼りがいのある先輩を演じることができる。卒業して六年も経つのに、その間の変化——人によっては成長と表現することもあるだろうが——を無視したような発言をすることができる。

優佳。

伏見は優佳の笑顔を思い浮かべた。くだらない妄想とわかっていながら、学生時代に思いを馳《は》せる。もしあの頃優佳とつき合っていたら。卒業後もその関係が続いていたらとしたら。自分は新山を殺さずに済んだだろうか。目の前の幸せを優先させることができただろうか。

わからない。わかっているのは、あのとき自分が一歩を踏み出さなかったという事実だけだ。それに優佳と自分との関係は、今回の殺人とはなんの関係もない。無益なことに思いを向けるのは止めよう。

どこかから電子音が聞こえてきた。それが腕時計のアラームだということに気づくには、数瞬の時間が必要だった。伏見は腕時計のボタンを押してアラームを止め、時刻表示を見た。

午後四時二十五分。

決行の時間だ。新山は思惑《おもわく》どおり眠っているだろうか。

ゆっくりと身体を起こす。ベッドから起きあがり、身体を動かしてみる。ベッドサイドにはミネラルウォーターのペットボトルが二本置かれている。来客へのもてなしのひとつとして、安藤の兄が始めたことだ。銘柄はエビアン。やはりフランス製の品だ。今日は安東が気を利《き》かせておいてくれたのだろう。そのエビアンを一本取って、ふた口飲む。

——よし。

ベッドサイドに置いた旅行鞄を取り上げ、チャックを開ける。中から革の手袋を取り出した。細かな作業のしやすい、薄手のものだ。三月とはいえ、朝晩は冷え込むことも多い。だからこの季節に手袋を所持しているのは、別段不自然なことではない。その手袋をはめる。クローゼットに歩み寄り、掛けてあるジャケットのポケットを探る。飯粒がくるまれたティッシュペーパーを取り出す。これで準備完了だ。ドアをそっと開いて、外の様子をうかがう。離れの廊下には、誰もいなかった。

まるで影がそうするように、伏見は廊下に滑《すべ》り出た。隣には六号室のドア。伏見はひとつ呼吸をする。

さあ、決行だ。

第二章

談笑

頭上から熱い湯が降り注いでくる。

伏見亮輔は自室に戻り、シャワーを浴びていた。身体を洗うわけではなく、湯船で身体を伸ばすわけではなく、ただ立って湯の雨が身体を打つのに任《まか》せていた。

両腕に、新山の頭の感触が残っている。いや、それは正確ではない。新山の頭を全力で押さえつけた、その渾身《こんしん》の力を両腕が憶《おぼ》えているのだ。右手で、左の二の腕を触る。柔らかい感触。つまり腕から力は抜けているのだ。それにもかかわらず、伏見は未《いま》だに両腕が新山の頭を押さえつけているように感じられた。しかし、身体が憶えている殺人の証《あかし》は、それだけだ。


殺人は、伏見の心に驚くほど何ももたらさなかった。大変なことをしてしまったという罪の意識も、警察に捕まるのではないかという恐怖も、今の伏見にはない。少しだけふわふわとした気分があった。動揺ともいえないほどの動揺、あるいは高揚感を感じたときと同じ感情の乱れを自覚できた。これはしばらくすれば収まるだろう。次に変化が訪れるのは、他の人間に会ったときだ。人を殺してしまった自分が、それまでと同じように他人と接することができるだろうか。

できる、と伏見の心は主張している。今までだって、常に本音《ほんね》を話しているわけではなかったではないか。感情と言葉の間に検閲《けんえつ》所を設置し、そこのチェックを受けた内容だけが、他人に向かって発せられる。意識するしないにかかわらず、自分はそうやって生きてきた。殺人によってそれが変わるとも思えない——それが伏見の心の言い分だ。おそらくそれは当たっているだろう。自分は大丈夫だ。

伏見は湯を止め、備え付けのボディシャンプーで身体を洗った。掃除で汗をかいたから風呂に入る。解散前にそういう話をしていた。それならば、身体から石鹸《せっけん》の香りがした方が不自然ではないだろう。万が一、新山の痕跡《こんせき》が自分の身体に残っていても困る。伏見はそんなことを考えながら、丁寧に身体を洗った。もう一度シャワーを浴びて泡を落とし、浴室を出た。

バスタオルで水気を拭き取り、下着を身につける。ドライヤーで髪を乾かし、昼食後にできなかった歯磨きを済ませる。それらの作業を終えて、下着姿のままベッドに転がった。空調が効いているから、服を着なくても寒さは感じない。腕時計のアラームを、午後五時五十分に設定し直す。腕時計は枕元に置き、頭の下で両手を組んだ。

殺人の直後というのは、非常に中途半端な段階だと思う。計画のもっとも重要な局面を乗り越えたという達成感を感じてもいいはずなのに、それは同時にスタートラインでもあるからだ。いずれ新山の死体は発見され、警察がやってくる。警察に事故死という結論を出してもらってはじめて、伏見の計画は完了する。達成感は、そこで満喫すべきものだろう。

そのためには安東たち他のメンバーにも、警察に対して新山が事故死だと思わせる証言をしてもらわなければならない。警察の初動捜査では、同じ建物にいた自分たちの証言が重要視されるのは間違いない。今から警察を呼ぶまでの間に、いかに彼らを誘導できるかが大切になってくる。大枠ではストーリーはできている。そのための準備も、ここに来る以前からしてある。そのストーリーに沿《そ》いながら、その場の状況に臨機応変に対処しなければならない。

ベッドの横には壁がある。その壁の向こうには六号室。そこには新山の死体が浴槽に沈んでいるのだ。けれど自分はそれを知らない。新山は午後四時五十分に浴槽で寝入り、そのまま溺れて死んだ。その時間帯、伏見もまたシャワーを浴びていて、隣室の様子はまったくわからなかった。それが表向きの事実だ。自分でもそう思いこむこと。そして同時に殺人の記憶も明確に覚えていて、同窓生たちの行動や言動に対処すること。その相反するふたつの思考を使い分ける必要がある。伏見にはそれができる自信があった。

　アラームが聞こえた。我に返って腕時計を見る。午後五時五十分。あと十分で食堂に下りる時刻だ。伏見は身体を起こした。大きく伸びをする。そのままストレッチをした。安静にしていた身体と、少しぼんやりした脳を醒《さ》ますため、念入りに身体をほぐす。ペットボトルに残っていたエビアンを飲み干すと、心身が覚醒する感覚があった。鞄に手を伸ばし、新しいシャツを取り出す。パンツの替えはないから同じものを身につけた。新しい靴下を履き、スリッパに足を入れた。壁に取り付けられた大きな鏡で自分の姿を確認する。いつもの伏見亮輔の姿がそこにあった。何も変わったところはない。ドアを開け、鍵を閉めずに廊下に出た。六号室に背を向け、階段を下りた。

　食堂では安東がカーテンを閉めていた。窓が大きいから、カーテンも大きい。カーテンの上部から棒が下がっていて、その棒を引いてカーテンを閉める構造だ。カーテンを閉めてしまうと、照明の光が窓から逃げないためか、食堂内はより明るくなったように感じられた。

「あの薬、けっこういいな」安東は伏見の姿を認めて、そう言った。「症状がだいぶん抑《おさ》えられている気がする。具合がいいよ」

　伏見は誇らしげな表情を作る。「だろう?」

「うん。でも、やっぱり眠くなった。実はさっきまで寝てたんだ。起きたら五時半で、あわててシャワーを浴びてきた」

「俺もだよ。三十分くらいうたた寝して、その後風呂に入った。効く薬はその分眠くなるから、まあ仕方がないだろう。今日と明日は休みだし、眠くなってもいいさ」

「そうだな。僕は自由業だから、平日も休日もないけど」

「それもそうだ」

大倉礼子と碓氷優佳の姉妹が下りてきた。二人とも着替えていた。今までだってラフな服装ではあったが、今はもう部屋着に近い格好《かっこう》になっている。

「この宿って、いいですね」礼子が弾んだ声で言った。「豪華絢爛《けんらん》ってわけじゃないけれど、落ち着いた高級感があって」

「気に入ってくれたかい？」

「そりゃ、もう。高級ホテルって豪華だけど、わざとらしくてよそよそしいですよね。ここは本当に、泊まりに来るっていうより生活する場所って感じです」

「高級ホテルに泊まったことがないから、よくわからないけどね」

伏見が口を挟むと、優佳が微笑んだ。「お姉ちゃんは、ほら、平日割引のレディースプランとかで都心のホテルに行ってますから」

礼子が心外そうな顔をする。

「そんなにしょっちゅう行っているように言わないでよ。行ったことがあるってだけでしょ」

「お義兄《にい》さんが中国で働いている間に」

「うん」

一緒になって笑った。

よし——伏見は心の中でうなずく。これならば大丈夫だ。今までと同じ対応ができている。

「本当に、今夜だけしかいられないのは残念です。再開したら、亭主を連れてきたいですね」

礼子は思いやりのある人間だが、先輩に向かって社交辞令を口にするタイプではない。おそらく本心だろう。安東も微笑んだ。

「兄貴に言っておくよ。ご主人は、煙草は吸うの？」

「それが、吸うんですよ」

「じゃあ喫煙室だ。実は、喫煙室の方が予約を取りやすいんだよ。煙草を吸わないお客さんは、原則的に喫煙室に入れないからね」

「あ、そうなんですか」

「煙草を吸わない人間が煙草臭い部屋に入ったら、嫌な気分になるだろう？　この宿でそんな思いをさせるわけにはいかない、というのが兄貴の考えだ」

「なるほど。サービス業として、それは正しいな」

伏見がコメントし、安東がうなずいた。「そういうこと――それにしても、あと三人が来ないな」

つられて壁の柱時計を見た。午後六時十五分。石丸はともかく、五月が集合時間に遅れるのは珍しい。

「っていうか、はじめてじゃないか？」

安東も首を傾げる。

「あの人も、もう三十過ぎだからな。うっかり寝過ごすこともあるだろう」

伏見は辛口の意見を述べる。この場面で、伏見亮輔としてもっとも自然な発言だ。

「あ、伏見さん、ひどい」

礼子が抗議する。伏見はあくまでしれっとした表情を作る。

「だって、俺自身がそうだからな。五月さんは俺よりひとつ年上だ。同じようなポカをやらかすこともあるだろう」

「否定できないわね」

突然声がした。入り口を見ると、五月が立っていた。後方には石丸が控《ひか》えている。

「ごめん。寝てたわ」

五月が申し訳なさそうに入ってくる。

「珍しいですね」

伏見が話しかけると、五月は、視線をそらせた。

「伏見くんの言うとおり、わたしももう歳ね。早起きして電車に乗って、昼間っからビールを飲んで、広い家の掃除をしただけで疲労困憊とはね。すぐに眠っちゃって、全然目が覚めなかったわ。起きたらもう集合時刻を過ぎてたから、あわてて下りてきたのよ。おかげでハイソな部屋を堪能する時間すらなかった」

五月にしては口数が多い。伏見はそのことに違和感を覚えた。そして昼食時の会話を思い出す。臓器提供の話をしていたときに、伏見のコメントを聞いて優佳が組み立てた推測。言葉というのは、本人が意識した以上の情報を含んでしまう。

あらためて五月を見た。服を着替えている。そして洗いたてのような、艶々《つやつや》とした髪。五月は間違いなく入浴している。それなのに「すぐに眠った」などと言っている。五月は伏見たちに隠し事をしている。この二時間の間にあったことを。

五月の背後では石丸が決まり悪そうな顔をしている。伏見はぴんときた。おそらく五月と石丸は、休憩時間中、二人だけの時間を過ごしたのだろう。在学中、二人がつき合っていたという事実はない。ひょっとしたら卒業後に学会などで再会して交際が始まったのかもしれないし、そうでないかもしれない。同窓会というイベントで、人は高揚する。その結果、今日突然始まったことなのかもしれない。それはどちらでもよい。五月がかわいがっていた後輩の石丸と親密になるのは、無理もないことなのかもしれない。

五月は夢も希望も口にしない現実主義者だし、石丸は仲間内のいじられキャラだ。一見合うはずのない性格だが、石丸は元来懐《ふところ》の深い男だ。自分の役割を心得ていて、道化《どうけ》になることを厭《いと》わない。五月がそんな石丸を認めていてもおかしくはないだろう。五月と石丸は三歳違いだ。その程度の年齢差は、伏見の周囲にも山ほどある。

そうなると、気になるのは伏見と同レベルの観察眼を持つ優佳だ。ちらりと優佳を見た。優佳は口を半開きにしている。五月と石丸の関係に気づいたのだ。同意を求めるように伏見を見る。伏見は強い視線で「黙っておけ」と伝えた。優佳は了解したようだ。他の人間に見えないように指でＯＫマークを作り、口に出しては何も言わなかった。

「あら。新山くんは来てないの？」

照れを隠すように五月は言った。伏見は五月につき合ってやることにした。優佳ほどではないが、五月の観察眼は侮《あなど》れない。新山に関してのそれを鈍《にぶ》らせるためにも、五月・石丸問題は宙ぶらりんにしておいた方がいい。

「そうですね。さっき眠そうにしていたから、寝ているのかもしれません」

「じゃあ、僕が呼んできましょう」

石丸が新山の部屋も知らないのに、逃げるように立ち去ろうとする。おいおい石丸。そんな不自然な態度を取ったら、優佳でなくとも感づくぞ。

「あの、安東さん」案の定、石丸は立ち止まった。

「離れって、どうやって行くんでしょう」

「仕方ないな」伏見は立ち上がった。「俺も行こう」

新山の部屋に他人が近づく際には、できるだけ同席しておきたい。

「こっちだ」伏見は石丸を従えて渡り廊下を通り抜け、階段を上った。

「こっちが離れですか」石丸が目を輝かせた。「こちらも、なんか、隠れ家っぽくていいですね」

「こっちの方がよかったか？」

五月と二人だけの世界に入るためにも、という意味を込めたが、石丸には通じなかったようだ。石丸はまじめな顔で手を振った。

「いえ、煙草の臭いは苦手なもので」

六号室の前に立った。ドアをノックする。返事はない。もう一度ノック。やはり返事はない。

「新山さん、もう六時ですよ。晩ご飯の支度《したく》を始める時間です」

部屋の中から反応はなかった。

「やっぱり、寝てるのかな」

伏見がつぶやき、石丸は部屋の中に向かって呼びかけた。

「新山さん、起きてますかー？」

ノックが「コンコン」から「ドンドン」になっている。けれど新山の声は聞こえなかった。

さて。伏見は考えた。ここでドアノブを回してみるべきだろうか。寝ていると判断して、このまま引き返すべきか、それとも新山の様子を確認するために部屋の中に入ろうとするべきだろうか。どちらの方が自然な行いだろう。

伏見は石丸の行動を確認することにした。石丸が判断した時点で、それに賛成する形を取る。それが自然な行動につながる。

「寝てるみたいっすね」

石丸はそう言った。「鍋の準備が済むまで、寝かしておいてあげますか」

「そうだな」伏見もうなずいた。いい判断だ。「高い酒を持ってきてくれたし、飯の支度は免除だ」

伏見は石丸と共に六号室を離れた。ドアノブは触られることはなかった。

食堂に戻ると、四人はすでに厨房で鍋の準備を始めていた。

「寝ているみたいだった」

伏見がそう報告すると、安東がカセットコンロを箱から取り出しながらうなずいた。

「そうか。まあ、新山はウィスキーを持ってきてくれたからな。飯の支度くらい免除してあげよう」

伏見と同じことを言った。

「新山くんって、ゆうべ遅くに東京へ着いたって言ってたよね」五月が冷蔵庫から白菜を取り出した。「それから馴染《なじ》みのバーに飲みに行ったとも言ってた」

そういえば、駅でそんなことを言っていた。

五月は石丸に顔を向けた。「石丸くん、結局、ゆうべは何時まで飲んでたの？」

「えっ？」石丸は虚《きょ》をつかれたような顔をした。

「えっと……二時くらいまでですかね。ホテルに帰って寝たのは三時過ぎ」

「なんだ。そんなわけだったの」五月が呆れたように言った。「寝不足よ。熟睡するのも無理ないわ」

「でも、僕もゆうべ福岡からやってきて、同じように飲みましたけど、ちゃんと起きてますよ」

「石丸くんは体力勝負の人間だから当然でしょ」五月がぴしゃりと言った。「新山くんは普通の人間なんだから」

五月の石丸に対する言葉が、どんどんきつくなってくる。本人たちはそれでいいのだろうけれど、事情を知らない安東や礼子ははらはらしているようだった。

「まあまあ」安東が取りなすように言う。「石丸と違って新山は薬を飲んだから、眠くなるのも当然だよ。僕と伏見も薬を飲んだけど、ゆうべはよく眠ったから」

「新山くんだけが、熟睡する条件が整っていたわけね」

礼子が納得顔をした。これでこの場にいる全員が、新山は眠っていると思いこんでくれた。伏見の考えたとおりの展開だ。もっとも新山が寝不足だったのは、別に伏見がコントロールしたことではないから、望外《ぼうがい》の幸運といえた。

「じゃあ、鍋の準備が整ったら、あらためて新山を起こそう」安東がまとめて、手分けして鍋の準備に取りかかった。優佳が鍋に昆布《こんぶ》を敷いてだしを取った。礼子が鍋に入れる魚介類を取り分け、五月が野菜を洗って切った。伏見が豆腐やしらたき、締めのうどんを用意して、石丸がビールや調味料を準備した。

「本当に広い厨房だな。これだけの人数が同時に動けるなんて」豆腐の水気を切りながら、伏見が言った。「いくら大きい家でも、これほど大きい必要はないと思うけど」

安東がカセットコンロのガスカートリッジを振って、ガスの残量を確かめた。

「毎日の食事だけならそうなんだけど。じいさんが現役の頃は、よくパーティーをやっていたそうなんだ。専属の料理人がいて、二十人からの食事を一度に作っていたそうだから、これくらいの広さが必要だったんだろう」

「想像を絶しますね」石丸がぽん酢醬油を冷蔵庫から取り出した。「大倉さん、ネギと大根おろしはありますか？」

「タッパーに入れたやつが冷蔵庫にあるわよ」

「ああ、これですか」

今回の参加者は、碓氷姉妹以外は一人暮らしだ。自炊生活が長いから、食事の準備もよどみがなかった。伏見自身も料理は好きな方だ。包丁を握るのは別に苦ではなかった。自分ではむしろ得意な方だと思っている。とかいっていたら、もう一丁の豆腐を開封しようとして、包丁で指先を切ってしまった。

「痛《いた》っ」

思わず声が漏れた。全員の視線が伏見に集まる。

「どうしました？」

優佳が心配そうな声で聞いてくる。

「なに、ちょっと切っただけだ」

伏見は近くの水道で傷口を洗った。血は出たが、たいした怪我《けが》ではない。ペーパータオルを一枚取る。傷口に当ててしばらく握りこんでいたら、血はすぐに止まるだろう。

「ちょっと待っていてくださいね」優佳はそう言ってガスを止めた。小走りに厨房から消えたと思ったら、すぐに絆創膏《ばんそうこう》を持って戻ってきた。

「はい、これ」伏見に差し出す。

「別にいいのに」

「だめですよ。化膿《かのう》しちゃいますから」

「じゃあ、ありがたく」伏見は優佳の手から絆創膏を受け取った。「新山のウィスキーがあればよかったな。カスクストレングスだから、アルコール度数は五十度を超えている。消毒薬になった」

「西部劇じゃないんですから」優佳が苦笑する。

「この絆創膏はパッド部に消毒薬が入っているから大丈夫です」

「伏見。せっかくだから、優佳ちゃんに貼ってもらったらどうだ？」

安東が茶々を入れてくる。礼子もはしゃいだ声で言った。「あ、それ見たい。青春映画みたい」

「バカ」と言って伏見は自分で絆創膏を貼った。

「豆腐に伏見さんの血が付いてしまった」石丸が言った。「伏見さん、まさか怪しい病気にかかっちゃいないでしょうね」

伏見は石丸に向かって笑って見せた。「石丸。よく知っているな」

「ええっ？」

石丸が頓狂な声を出し、全員で笑った。

「そんなわけないだろう。俺の潔白は証明されている」

「証明って？」

「昼間に、骨髄移植の話をしただろう？　提供する前には、細かい血液検査をされるんだ。そのときに肝機能や腎機能の検査と一緒に、さまざまな感染症についてもチェックされる。まさか骨髄と一緒に病気も提供するわけにはいかないからな。俺の検査結果は、すべて陰性だった」

「なるほど」礼子がうなずく。「じゃあ、優佳を任せても安心ですね」

またそのネタか。ギャグにしてはしつこすぎる。礼子は意外と本気なのかもしれない。

「感染症に関しては僕たちも潔白ですよ」石丸が言った。「ほら、伏見さんが送ってくれた検査キットで、白の判定が出たじゃないですか」

「そう言えばそうだったな」安東も昼間に話題にしたことを思い出したようだった。「新製品のモニターってやつだな。俺も白だった」

「そうだっけ」

郵便を使った健康診断キットは、今健康産業界において最も注目されている市場だ。伏見の会社はそれにいち早く取り組み、大きなシェアを獲得している。その中には感染症の検査キットもあった。石丸たちはその話をしているのだ。

「なんなら、今度は病原性大腸菌O《オー》-157の検査キットを送ってやろうか？　人気商品だぞ」

「止めてくださいよ。ご飯の支度をしているのに」

礼子が抗議して、厨房は笑いに包まれた。

ともかく、と伏見は思う。新山を殺した後も、他の連中と自然に接することができている。今の怪我は予想外の事故だが、それもうまく利用できた。新山の名前と奴のウィスキーをあえて出すことで、自分が新山が生きていると信じきっていることを、さりげなくアピールできた。まずは順調な滑り出しだ。

鍋の準備は、基本的に材料を切って盛りつけるだけだ。六人がかりでやると、二十分もかからずに完了した。

「やっぱり大テーブルは、我々には広すぎますね」

石丸がカセットコンロを抱えて立ち止まった。「窓際の四人がけのテーブルをふたつくっつけますか？」

「そうしようか。じゃあ、力自慢の石丸、頼む」

「了解」

石丸がカセットコンロを大テーブルに置き、窓際に向かった。椅子を脇にどけておき、テーブルをひとつ両手で持つ。

「あ、けっこう重い」

そう言いながらも軽々《かるがる》と持ち上げ、隣のテーブルにそっと付けた。七人が座れるように、椅子を配置する。

「ご苦労」礼子が重々しく言う。石丸が胸を張った。

ふたつのテーブルにカセットコンロを置き、ガスカートリッジをセットする。その上に伏見と安東が土鍋を置き、女性陣が具材を盛りつけた皿をその周辺に並べていった。

「ロイヤルコペンハーゲンの青皿に、白菜と春菊と椎茸《しいたけ》か」五月が低い声で言った。「見事に似合っていないわね」

「こっちはさらに似合いません」優佳が深皿を並べた。「これにぽん酢とネギと紅葉《もみじ》おろしですよ」

「兄貴が怒り狂うかもしれないな」安東がコメントして、また全員で笑った。

「さ、準備完了。新山を起こしてくるか」

「じゃあ、行ってきます」

石丸が席を立った。伏見も立ち会いたいが、もう石丸は六号室の場所を知っている。起こしに行くのに大人数は必要ない。自分がついていくと、かえって不自然だろう。そう考えて、伏見は自粛《じしゅく》することにした。どうせいくら呼んでも返事がないから、石丸は戻ってくるはずだ。

案の定、三分も待たずに石丸は戻ってきた。

「新山さん、いくら呼んでも起きてこないんですよ」

「そうなの？」礼子が不満そうな顔をする。「よく寝るわね」

安東が柱時計を見た。「今六時四十五分。解散したのが四時前だったな。あれからすぐに眠ったとして、三時間足らずか。寝不足だったら、それくらいでは起きないかもな」

「まあ、新山は学生時代から、一度寝ると起きないタイプだったからな」

伏見も同調するように言う。本当は新山がそんなタイプだったかどうかなど、伏見は憶えていない。おそらく全員がそうだろう。だから伏見が自信満々にそう言えば、みんな「そういえば、そうだったかな」と考えてくれるはずだ。

「でも起こした方がいいね。もう夕食だし。部屋に入って強引に起こそう」

安東が立ち上がる。伏見も席を立った。「よし。みんなで行こう。新山が目を覚ましたときに全員で見下ろしていたら、きっとビックリする」

「あ、それ面白そう」

そういうことになり、六人で離れに向かった。伏見の計画どおりだ。ここからは、できるだけ多くの目に、事実関係を確認してもらった方がいい。

豪邸は、一般家庭に比べて廊下も広い。六号室は離れの奥だが、それでも六人がゆとりを持って部屋の前に立つことができた。

家主代理の安東がドアをノックした。

「新山、飯だぞ。起きてるかー」

そう呼びかけたが、当然返事はない。

「新山、開けるぞ」

安東はドアノブを握り、ひねろうとした。がちっと止まる気配があった。

「鍵がかかっている」

「なんだ、鍵をかけて寝てるのか」伏見が呆れたような声を出した。「仕方《しかた》のない奴だ」

安東がドンドンとドアを叩く。

「おい、新山、起きろ」

しばらくやっていたが、なんの反応もないので、ドアを叩くのをやめた。「どうしよう」

「仕方がない」伏見は首を振った。「もう少し寝かしておいてやるか」

「そうだね。でも、夕食はどうしよう」

「取るべき道はふたつあるわね」五月が言った。「ひとつめは、新山くんを放っておいて食べちゃう」

「それはひどいですよ」礼子が抗議した。

「そうね。ふたつめは、新山くんが起きるまで食べずに待つ」

「そうですね」と安東。「誰か、耐えられないほど空腹な人はいるかい？」

誰も手を挙げなかった。安東が五月を見る。「待ちましょう」

「そうね。ただ、こちらの選択肢には、またさらにふたつの選択肢があるの」

「なんですか？」

「ひとつは各人がまた部屋に戻って、上流階級の気分に浸《ひた》る。もうひとつは、食堂で飲んでる」

「うーん」礼子が首を傾げる。「新山くんが起きるまで飲んでたら、それだけでお腹がいっぱいになっちゃいそう」

「僕は平気ですけど」石丸が言うと、五月は「あんたには聞いてない」と冷たく答えた。

「よし、じゃあ部屋に戻ろう」安東が腕時計を見た。「今七時だから、三十分——いや、それじゃ短いか——一時間経ったら、また食堂に集まろう」

反対意見が出ず、食事はお預けとなった。離れに部屋のある伏見はそのまま残り、他のメンバーは母屋に戻った。「鍋の材料にラップをかけておかないと」という礼子のつぶやきを背中に聞きながら、伏見はドアを閉めた。

ふうっと息をついて、ベッドに転がった。腕時計のアラームを、集合時刻五分前の午後七時五十五分に合わせる。

現在午後七時。新山が死んだのは午後四時五十分だから、二時間十分経過した段階で、新山はまだ眠っていると思われている。誰も怪しんではいない。第一ピリオドは、波乱なく過ぎた。伏見の思惑どおりに事態は進行している。とはいえ、ここまではほんの始まりにすぎない。一時間後に、また全員で新山を起こしに行く。それでも新山が起きてこなければ、さすがに不審に思うだろう。そのとき各個人がどのような反応を示すか。どうやって彼らをコントロールするか、それが問題だ。伏見はベッドに寝ころんだまま、一時間後の第二ピリオドに向けて、応酬話法のシミュレーションを始めた。ところが、第一ピリオドはまだ終わっていなかった。

ノックの音がした。

不覚にも心臓が跳《は》ねる。まったく馬鹿なことに、死んだはずの新山が起き出してきて、自分を殺した伏見の部屋をノックしているという幻想にとらわれた。

でもそれは一瞬のことだ。伏見はすでに現実世界に戻っていた。腕時計を見る。十五分が過ぎていた。身体を起こすと、動揺を声に出さないようにして、「どうぞ」と返事をした。ノブが回され、ゆっくりとドアが開く。

優佳だった。

「おや」伏見は少し意外な気がした。特に根拠はないが、生者の誰かが部屋を訪ねてくるとしたら、それは安東だと思ったのだ。優佳は、ドアの隙間から顔を覗かせていた。「今、ちょっといいですか?」

「いいよ」伏見は顔の筋肉を操作して、穏やかな微笑みを作った。「入っておいで」

優佳はしなやかな動きで部屋に滑り込み、ドアを閉めた。手に缶ビールを二本持っている。

伏見は優佳に籐椅子を勧めた。優佳はテーブルに缶ビールを置き、素直に籐椅子に座った。伏見も、もう一脚の籐椅子に腰掛ける。テーブルを挟んで向かい合った。缶ビールを引き寄せ、プルタブを開けた。優佳も同じようにビールを手に取る。

「君から夜這いをかけてくるとは、予想外だったな」

わざと軽口から入った。優佳が微笑む。「四十五分じゃ、短すぎるでしょう?」

傾けかけた缶ビールの動きが止まる。

「まさか優佳ちゃんから、そんな大人の冗談を聞けるとは思わなかった」

「わたしも、もう二十五ですよ」微笑みがくすくす笑いに変わる。「大人どころか、『クリスマスイブを過ぎた』なんて言われる歳です」

「そんなこと言ったら、『大晦日《おおみそか》』の五月さんにしばかれるよ」

「いいんですよ、あの人は」優佳はビールを一口飲んだ。「石丸さんと仲良くしてるみたいだし」

伏見もビールを飲んだ。空《から》になった胃に、冷たいビールがしみた。

「やっぱり気づいていたのか」

「伏見さんも気づきましたか」

「五月さんにしては、妙に口数が多かったからね」

「ずっと寝てたわりには、きちんとお風呂に入って着替えていましたしね」

さすがだ。伏見はあらためて優佳の観察眼に感嘆していた。

「どっちだと思う？　以前からつき合っていたのか、それとも今日久しぶりに再会して、つい盛り上がってしまったのか」

「そうですね」優佳は軽く首を傾げた。「どちらかといえば、以前からだと思います」

「どうして？」

「部屋割りのとき、五月さんはさりげなく石丸さんの隣の部屋を選んだでしょう？」

「それだけかい？」

別に試すつもりはなかったが、ついそう尋ねてしまった。

「伏見さんが言いたいのは」優佳がまたくすくす笑いを漏らす。「いびきのことですか？」

「そう」やはり優佳は聞き逃していなかった。「安東が部屋の防音について言及したときに、五月さんは石丸の不規則で不気味ないびきを聞かなくて済む、なんて憎まれ口をきいていた。からかう言葉としてはありふれているけれど、ちょっと描写が正確すぎたね。不規則で不気味な、なんて。五月さんが石丸のいびきを実際に聞いていたと考える方が自然だ。五月さんはどうやって石丸のいびきを聞いたんだろうね」

「まあ、あてずっぽうですけどね。確認できたわけでもないし」

「まったくだ――それで」伏見は表情を戻す。「他人の恋路《こいじ》を語るために来たわけじゃないだろう？」

これ以上優佳と色恋沙汰《ざた》の話をしたくはなかった。優佳も笑顔を収める。

「相談に乗ってほしいことがあるんです」

「相談？」

優佳の表情が少し動いた。笑顔を作ろうと思ったけれど止《や》めた——そんな感じに。

「新山さんのことなんです」

いきなり来た。一瞬だけ伏見の息が止まる。あわてて優佳の顔を見ようとして、踏みとどまった。なぜ優佳が、今新山のことを？

「新山が、どうかした？」

なんとか、声に緊張を込めないことに成功した。さりげなく優佳の顔を見る。優佳は真剣な顔をしていた。

「新山さんは、どうして鍵をかけたんでしょうか」

「えっ？」

何を言われたのか、わからなかった。それが伝わったのだろう。優佳は補足説明した。

「新山さんは部屋に鍵をかける必要はないと言っていました。ここには知り合いしかいないからと。その新山さんが、どうして部屋に鍵をかけたのでしょうか」


伏見と優佳は見つめ合った。伏見はこの疑問が他者から出されることを予測していた。だからその回答も用意している。けれど本当にその疑問が投げかけられると、本当にその回答でよいのか逡巡《しゅんじゅん》してしまう。ましてや優佳の口から放《はな》たれた疑問であれば、なおのこと。

「唐突《とうとつ》にすみません」優佳が視線を落とした。「くだらないことを気にしていると、自分でも思います。でも、気になっちゃって」

優佳は顔を上げた。「こんなこと、伏見さんにしか相談できませんから」

「そうだな」どう答えるべきか、伏見は迷った。優佳は自分の疑問が大切なことだと認識している。けれどそれは余人《よじん》にとってはどうでもいいことだとも自覚している。でも伏見なら。今回参加したメンバーの中で伏見だけは、自分と同じ疑問を持ってくれているのではないか。優佳はそう考えたのだろう。それだけ伏見と優佳の間には、互いの能力に関する信頼関係があった。

それでも。

それでも、伏見はあえて用意しておいた答えを口に出すことにした。社会人になって馬鹿になったと思われてもかまわない。いや、むしろ現在の伏見に失望してもらった方が、都合がいいかもしれない。

「たぶん、本人は意識していなかったと思うよ」そう言った。「新山も俺も一人暮らしだからわかるけど、家に帰ってきたら、無意識のうちに玄関の鍵を閉めるんだ。防犯のためにね」

優佳は伏見の顔をじっと見つめていた。伏見の言葉をひと言でも聞き逃すまいとしているかのように。

「確かにこの宿は、警備会社と契約してセキュリティシステムを構築しているようだ。おまけに滞在しているのは、古くからの知り合いばかり。防犯上鍵をかける必要がないことは、頭ではわかっていただろう。けれど日頃の習慣で、まったく無意識のうちにノブのボタンを押してしまった。そういうことなんだと思うよ」

そのために俺たちが腹を減らしている——伏見はそうまとめた。優佳を見る。優佳は納得半分、という表情だった。

「でも、伏見さん自身は鍵をかけていませんでした」

「そうだね」伏見は穏やかな表情を崩さない。「俺は意識してかけなかったんだよ。だって、せっかく数年ぶりにみんなと会えたんだ。俺たちは個室に鍵をかけるような間柄じゃない。そう思っていたからだよ」

「そうですか」優佳は瞬《まばた》きをした。「そうかもしれませんね」

「ずいぶんと曖昧《あいまい》だね。優佳ちゃんらしくない」

伏見がからかうように言うと、優佳の目が光った。

「らしくないのは、伏見さんでしょう」

「………」伏見は表情を止めた。「どういう、ことだい?」

「みなさんが仲が良いことは、わたしもよく知っています。けれど、それを承知で鍵をかける方が、伏見さんらしいと思います」

伏見は小さくため息をついた。

「確かにそうかもね。否定しないよ。でも現実に俺は鍵をかけなかった」

「そうですね」優佳も言葉を止めた。

部屋に沈黙が流れる。まるで恋愛に不慣れな男女の間に生じる、居心地《いごこち》の悪い沈黙のような。

気まずい空気を断ち切ろうと伏見が口を開きかけたとき、電子音が鳴った。腕時計のアラームだ。午後七時五十五分になったようだ。

「集合時刻だね」伏見はそう言った。「食堂へ行こうか」

優佳が笑った。泣き笑いのような表情。

「一緒に行ったら、五月さんと石丸さんみたいですよ」

伏見も苦笑を作った。「そうだね。優佳ちゃんから先に行ってくれないか」

「そうしましょう」

優佳は立ち上がった。伏見は座ったままだ。そのため、伏見の目に優佳の全身がさらされた。

確かに大人になった——優佳の身体を見て、伏見はそう思う。礼子がはじめて優佳を連れてきたとき、優佳はまだ十六歳だった。姉によく似て整った顔立ちをしていたが、子供の体型をしていたことを思い出す。それが今はどうだ。ルーズな部屋着の上からでも、はっきりと成熟したプロポーションが見てとれる。昔から持っていた知性と美貌。今はそれに加えて大人の色香まで手に入れた。今の伏見に、優佳はあまりに眩しかった。

「——優佳ちゃん」

思わず話しかけていた。ドアの前で優佳が足を止める。振り向いた。「なんです?」

「綺麗になったね」

優佳が戸惑《とまど》ったような顔をする。素の表情。「なんですか、唐突に」

その表情の中に、昔の優佳を見いだして、伏見は少し安心する。

「たった今、そう感じたんだ。素直な感想さ」

しかし優佳は笑顔を見せなかった。逆に、気分を害したようだった。ドアを開ける。

「伏見さん」声が固かった。「あのときのことを憶えていますか」

伏見はすぐには反応しなかった。ゆっくりと息を吸ってから、機械仕掛けのように口を開いた。「あのときって?」

「あのとき」優佳は説明せずに、話を続けた。「あのとき、伏見さんは逃げたんですよ。わたしの想いに応《こた》えずに」

「………」

「イエスとも、ノーとも言わずに」

「………」

ドアから身体を半分だけ出した状態で、優佳は伏見を見た。伏見はただその視線を受けていた。

「先に行っています」

ドアが閉じられた。


「さすがに、お腹空《なか》きましたね」

石丸が腹をさすった。「新山さんを起こしましょう」

食堂には新山を除く六人が集合していた。伏見も、優佳もいる。優佳の来訪によってさざ波がたった心は、もう凪《なぎ》に戻っている。優佳も何事もなかったように笑顔を見せていた。

石丸の言葉に伏見もうなずく。新山に関するストーリーを再開させなければならない。

「今度は新山が起きてこなくても飯にしようぜ」

「賛成」

「じゃあ、起こしてきてください」礼子が具材のラップを外した。「私と優佳が鍋を仕掛けておきますから」

ところが優佳が小さく右手を振った。

「わたし、新山さん救出グループに入る」

「じゃあわたしが料理グループに残るわ。離れまで行くのは面倒くさいし」

五月が言い、男三人と優佳が離れに行くことになった。

階段を上る優佳の背を見ながら、伏見は思う。優佳は鍵の問題が心に引っかかっている。新山が部屋の施錠をしたことに関しては、伏見の仮説で矛盾《むじゅん》なく説明できる。優佳にもそれはわかっているだろう。ただ「鍵をかける必要がない」と自らの口で発言した新山が、その直後に鍵をかけたことに、納得できないものを感じているのだ。

質問者がそう感じることを予測して、伏見は回答に「無意識に」という言葉を使った。新山は、自分が鍵をかけた事実に気づいていないと。伏見の仮説にほころびは何もない。けれど優佳は納得していない。だから彼女は事実関係をはっきりさせるため、新山の部屋に向かっている。

もちろん伏見の仮説は、しばらくすると粉々《こなごな》に粉砕されることになる。この後判明する、ドアの下にドアストッパーが噛まされているという新事実が、伏見の仮説を否定してしまうのだ。けれどそれは後のことだ。大切なのは、今の段階では、伏見はあのような仮説を唱《とな》えるのが自然だということだ。

石丸があらためてドアをノックした。

「新山さーん。起きてますかー。ご飯ですよーっ」

静寂。誰もが黙ってドアの向こうからのリアクションを待っている。けれど新山からの応答はない。

石丸があらためてノックする。

「新山さーん。起きてくださーい。朝ですよーっ」

石丸が指の関節を使って、キツツキのようなリズムでドアをノックする。ドアノブを回す。やはり回らない。施錠された状態は変わっていない。石丸が困ったように伏見を見た。

「どうしましょう」

「そうだな」伏見は自分の顎をつまんだ。次の発言はすでに考えてあるが、少し考えるふりをした方が自然だ。そうしたら、横から声が聞こえた。

「石丸さん」優佳だった。「ゆうべ、新山さんと東京で飲んだって言ってましたよね」

「ああ、そうだよ」突然名前を呼ばれ、石丸が戸惑った顔をする。優佳は穏やかに言葉を継いだ。

「石丸さんは九州だし、新山さんは北海道です。ということは、二人は昨晩どこかで待ち合わせたんですよね。じゃあ石丸さんは、会えなかったときのために、新山さんの携帯電話の番号を聞いていませんか？」

「――あ」石丸は優佳の意図を理解したようだ。階段を飛び下りるようにして自室に向かった。

なるほど。新山は携帯電話を持っているはずだから、その呼び出し音で起こそうという考えだろう。伏見が言おうとした方法とは違うが、それも一案だ。

石丸が自分の携帯電話を持って戻ってきた。「番号は登録してあります」

ボタンを数回操作して、携帯電話を耳に当てた。安東がドアに耳を当てる。二人の男が耳を澄ませている姿を、伏見と優佳は黙って見つめていた。

「駄目だ。出ません」

「駄目だ。聞こえない」

石丸と安東が同時に言った。石丸が携帯電話を切る。

「ここまでは電車に乗ってきたからな」伏見が分析した。「マナーモードに設定して、戻すのを忘れたのかもしれない」

本当はマナーモードにしたのは、新山ではなくて伏見だ。けれど他の人間には、そんなことはわからない。伏見の指摘は、ごく自然なこととして信じられるだろう。当てが外れて、優佳が落胆したような表情を見せた。伏見は自分の考えを述べることにした。

「安東。部屋には電話機があったと思うけど、あれは内線電話として使えないのか？」

安東が耳を赤くした。「そうだ。忘れてた。電話でたたき起こそう」

伏見は五号室を指さした。「俺の部屋からかけてみてくれ」

よし、と一人声を出し、安東が五号室のドアを開けて中に入った。今度は伏見と石丸がドアに耳を当てる。少しの間があって、部屋の中からジリリリリ、とベルの音が鳴っているのが聞こえた。小さい音だが、はっきりと聞こえる。内線電話の呼び出し音だ。いまどき電子音でなくてベルというのも珍しいが、これも演出なのかもしれない。

ベルは鳴り続けた。十五回を数えたところで、音が止んだ。「起きたかな」と石丸がつぶやいたが、安東が浮かぬ顔をして五号室から出てきた。「駄目だ、出ない」

「電話の音でも起きないなんて」石丸がゆっくりと首を振る。

「四時に眠ったとして、四時間か。ちょっと長いな」

廊下がしんとなった。安東も石丸も、状況に戸惑っている。そこに、優佳の声が独り言のように響いた。

「ひょっとして、いなかったりして」

安東が優佳の顔を見た。「どういうことだい？」

「いえ、ちょっと思ったんです」優佳は肩をすくめた。「返事がないってことは、寝ている可能性以外にも、部屋にいない可能性もあるかなって」

「………」

「例えば、煙草を切らしてちょっと外に買いに行って、そのままどこかで捕まっているとか」

「そのままって――」石丸が戸惑ったような声を上げた。「誰にも言わずに？」

「例えば、の話ですよ」

「新山のキャラじゃないな」伏見はコメントした。

「キャラじゃないけど、確認する必要はある」

「確認って、どうやって？」安東が腕を組んだ。

「携帯電話は通じないし」

伏見が天を仰いだ。深刻さを感じさせない、少しおどけた雰囲気を出すよう気を遣う。

「おいおい。安東、しっかりしろよ。ここは『個人宅』だぞ。家では靴を脱いでいる。外に出るには、靴を履かなければならないだろう？」

安東は伏見の言いたいことに、すぐ気づいたようだ。「――あ、そうか。玄関」

伏見はうなずく。「そう。玄関に新山の靴がなければ、優佳ちゃんが言ったとおり新山は外出している」

「よし、玄関に行きましょう」

石丸が先頭に立って階段を下りはじめた。伏見たちも後に続く。

「新山さんの靴がどれだか、わかりますか？」

階段を下りながら優佳が尋ねてきた。伏見は優佳の方を見ずに答える。

「憶えてはいない。けれどここには俺も安東も石丸もいる。三人の靴以外の男物の靴があれば、それが新山のものだ」

「それもそうですね」

一行は渡り廊下を抜けて、食堂の脇を通って玄関に向かった。玄関には、メンバーの靴が丁寧に並べられていた。掃除のとき、安東が揃えたものだろう。男物の靴は四足あった。ホーキンスのウォーキングシューズ。これは伏見のものだ。そして汚れたスニーカー。「僕のです」と石丸が申告した。

「コンバースは、僕が履いている」

安東が言い、ハイカットのトレッキングシューズだけが残った。

「これが、新山のものだろうな」

「安東。この靴がお兄さんのものだという可能性は？」

　安東はトレッキングシューズをじっと見つめて、首を振った。

「ない。僕がこの家に入ったとき、玄関には靴はなかった。それにこの靴は二十五・五だ。兄貴のサイズは二十七だから、兄貴のものでないことははっきりしている」

「じゃあ、やっぱり新山さんは外出してはいない……？」

「そういうことだな」伏見は小さく息をついた。「でも、可能性は検証しないとな。優佳ちゃんの問題提起によって、新山があの部屋にいることが明らかになった」

　優佳を誉《ほ》めながら、伏見は今後の展開について思いを巡らせていた。新山が外出している可能性は、いずれ検証されなければならなかった。そのことは伏見もはじめから念頭に置いていた。だからその可能性については、伏見自らが言及するつもりだった。けれど伏見は、それは第三ピリオドのことだと考えていたのだ。現段階でこの可能性に言及されるとは思わなかった。

　伏見は横目で優佳を見る。優佳はぼんやりとトレッキングシューズを眺めていた。

　優佳の動向には気をつけよう――伏見はそう思う。伏見はこの週末に関して、自分なりのタイムスケジュールを組んでいる。今日の参加者たちには、自覚することなくそのタイムスケジュールに沿って行動してもらわなければならない。けれど優佳の頭脳は、時計の針を進めてしまうかもしれないのだ。

　そんな伏見の警戒も知らず、安東が感心した声で言った。

「さすが優佳ちゃんは、現役の大学院生だ。頭を使うことに慣れている」

「それほどたいそうなものじゃありませんよ」優佳が素っ気なく応えた。「問題の解決には、なんの役にも立っていないし」

「そうだ。問題は新山さんが起きないことだった」

石丸が安東を見る。「どうしますか？」

安東が天井を見上げた。「仕方がない。もう少し寝かしておいてやるか」

石丸が口の中でもごもごと何かつぶやいた。「そろそろ起こして、みんなと食事を共にした方がいいのではないか」とでも言いたかったのだろう。

「まずかったかな」伏見がぽつりと言った。

「え？」安東が聞きとがめる。「なにが？」

「昼間飲んだ薬だよ」

「ああ」石丸も思い出したようだ。「睡眠改善薬ですね」

「そうなんだ」伏見はうなずく。ここは薬に言及しておく局面だ。「今年の花粉はひどいから、俺は花粉症の薬代わりに使っているんだけど、本来の使用目的は不眠対策だ。俺はさほど眠くならないけれど、新山には本来の効果があったのかもしれない。実は同僚にも、花粉症対策にあの薬を飲んで、仕事中にぐっすり眠りこんだ奴がいたんだ」

安東が腕組みをした。「そうかもな。同じ薬を飲んだ俺も眠くなって、さっき少し昼寝した」

「新山さんは、ゆうべ寝不足なんですよ」石丸が声を少しだけ高くした。「するってえと、下手をすれば新山さんはあのまま朝まで――」

「かもな。新山が平日どれだけハードに働いているかは知らないけれど、休日に十何時間も連続で寝るのは、独身男の場合、そんなに珍しくない」

「じゃあ、ウィスキーは？」

石丸の顔が泣きそうになっている。伏見が石丸の肩を叩いた。「新山が夜のうちに目覚めるのを祈るんだな」

「そんなあ」

安東も笑う。「心配するな。八時間眠ったとしたら、起きるのは十二時頃だ。それからまだまだ飲めるだろう？」

石丸がころっと表情を変えた。「そっすね」

「じゃあ、新山には気の毒だが、飯にしよう」

新山はこのまま寝かせておくことにして、食堂に戻ることになった。優佳は何も言わなかった。

食堂に戻ると、鍋が盛《さか》んに湯気を立てていた。礼子と五月が、丁寧にあくをすくっている。

「あら、新山くんはどうしたの？」

五月が声をかけてきた。安東が状況を説明すると、あっさりと「仕方ないわね」で済ませた。伏見たちがなかなか戻ってこないから、半《なか》ば予想していたのかもしれない。

「じゃあ、夜中にお腹を空かせて起きだす可能性があるわね。具材はまだまだあるから、新山くんの分を残しておけばいいでしょう」

「じゃあ、食事にしよう。ビールを出してくる」

安東が厨房へ向かおうとするのを石丸が止めた。

「僕が行きますよ」

その言葉どおりに、石丸が缶ビールを六本抱えて戻ってきた。「あらかじめ何本も出して温めるよりは、その都度《つど》冷蔵庫から出した方がいいです」

「さすが石丸、働き者」

「丁稚ですから」

六人でテーブルを囲んだ。土鍋はふたつあるから、ひとつの鍋を三人がつつくことになる。安東と伏見と優佳が同じ鍋を使い、五月と礼子と石丸がもうひとつの鍋を担当することになった。自然に伏見と優佳、石丸と五月が隣同士になる。

「食べる量の総量は、これで二等分くらいになっただろう」

安東が満足げにうなずき、ビールのプルタブを開けた。お互いがお互いのグラスにビールを注いでやる。そのグラスを石丸がしげしげと眺めた。

「このグラスも銘柄はわからないけれど、それなりの品なんでしょうね」

「エビスビールなら位《くらい》負けしないさ」

そんなことを言い合いながら、グラスを掲げた。

「じゃあ、あらためて乾杯しよう。これからの長く楽しい夜のために」

「新山くんの安眠のために」

笑いと共に乾杯が唱和された。

鍋もいい具合に煮えてきた。石丸が箸《はし》を握った。

「さ、食うぞ」

「このメンバーだから、直箸《じかばし》でいいよね」

五月が言い、伏見が「このメンバーなら、問題ないですね」と答えた。

華やいだ雰囲気で、夕食が始まった。

よし。伏見は心の中でうなずく。食事が始まってしまえば、しばらくの間新山のことはみんなの脳裏から消え去るだろう。

しばらくはお互いの近況について、他愛《たあい》のない話が続いた。新山のこともときどき話題になるが、誰も現在の新山については気にしていないようだった。いい展開だった。

鍋の具が、新山のために残してある分を除き、あらかたなくなった。学生時代に比べて、食べるペースがゆっくりだった気もする。それはメンバーが大人になった証なのか、それとも伏見がこの時間をただ長く感じていただけなのかは、伏見自身にはわからなかった。

「うどんがあるけど、入れる?」

礼子があくすくいで鍋に残った具のかけらをとりながら聞く。石丸がすかさず答えた。

「もちろん、食べますよ」

「ここで炭水化物を摂《と》ったら太るけど、まあ食べよう」

安東が曖昧に同意する。

「あら。安東くん、肥満を気にするようになったの?」

「そういえば、昔よりふっくらしてきたような……」

女性陣の指摘に、安東は顎の周《まわ》りをさすった。

「翻訳なんて仕事は、ずっと机に向かいっぱなしだからね。意識して節制しないと、すぐに太っちゃうんだよ。おかげで、最近腰が痛くなっちゃって」

「あらあら」礼子が笑う。「太ると、腰痛が出る人は多いらしいですからね」

「そういえば伏見さん」石丸が何かに気がついたように言った。

「昼間、骨髄提供の話をしてましたよね」

「ああ、したな」

「骨髄って、腰の骨から採取するんでしょう？　伏見さんも手術後に腰が痛くなったって言ってましたけど、その後、大丈夫だったんですか？」

「ああ」伏見はうなずく。今、この話題には入ってきてほしくなかったが、つれなくするのも不自然だ。「数日は少し違和感があったかな。風呂場で洗うと痛いとか。でも激しい運動をするわけじゃなかったから、たいして気にならなかったな。そのうちに完全になくなった」

「よかったですね。提供した伏見さんの具合が悪くなっちゃったら、もらう人も寝覚めが悪いでしょうし。――そういえば、あれって相手の素性はどの程度わかるんですか？」

「おいおい」安東が口を挟んだ。「匿名性を持ってよしとする、という話だったじゃないか」

「まあそれが正論ですけどね」石丸は悪びれもせずに続けた。「でもやっぱり、どんな人に自分が役立てたのか、知りたいとは思いませんか？　寄付金やなんかと違って、提供は特定の個人が対象なんですから」

「石丸くんの気持ちは、わからないではないわね」五月が視線を鍋に固定したまま言った。「わたしたちはしょせん俗物だからね。なかなか聖人みたいに、無私の行動はとれない」

「そうだな」伏見はこの話題に関して、自分が制御できるかどうか、考えながら口を開いた。「もちろん患者の個人情報は、聞いても教えてもらえない。けれど相手の住んでいる地方、年代、性別は、こっちから尋ねなくてもコーディネーターが教えてくれる。石丸を例に挙げると『九州に住んでいる二十代男性』って感じかな」

「そのレベルで、伏見さんの相手は、どんな人だったんですか？」

伏見はゆっくりと首を振る。「いくら石丸でも、それは教えられない。ちなみに、いつ採取の手術をしたのかも言えない。そのふたつがわかると、患者を特定できてしまう可能性があるからな。まあ、一昨年から昨日までのどこかとだけ言っておこうか」

「さすが慎重っすね」

「手術の結果も教えてもらえないって言ってましたけど」今度は礼子。「伏見さんのときも、手術が成功かどうかは、わからなかったんですか？」

「ああ。わからなかった。――というか、何をもって成功というかの定義もはっきりしてないけどね」

「どういうことですか？」優佳が尋ねてきた。鍋の熱気とアルコールのせいか、少し目元が赤くなっている。

「移植手術によって一時的に持ち直したとしても、将来にわたって患者が健康を維持できるかどうかは、まだ知見《ちけん》がないからだよ。再発の危険だってあるだろう。白血病治療の手段として、骨髄移植が最善の手段かどうかも、現代の医学ではわかっていないそうなんだ。俺の担当医がそう言ってた」

「『一時的』の時間スケールにもよりますが」優佳はなおも言う。「患者さんが『移植手術を受けた甲斐《か》《い》があった』と思えたらいいですね」

「そうだね。優佳ちゃんの言うとおりだ。その意味では、俺が関わった手術が成功だったかどうかはわからないけれど、少なくとも手術直後に患者が死亡したわけではないらしい」

「っていうと？」

「手術の後、患者の親族から手紙が来たんだよ。当然向こうもこちらの素性を知らないから、手紙は骨髄移植推進財団経由で俺の手元に届いた。財団が内容をチェックしたせいか、個人情報はわからないような文面だったけどね」

「それで、なんて書いてあったんですか?」

「礼の言葉と、手術はうまくいったと」

「なんだ」石丸の目が輝いた。「成功したんじゃないですか」

伏見はゆっくりと首を振る。「手術がうまくいったというだけだよ。術後の経過は聞いていないんだ。結果的に患者が健康を取り戻したかどうかはわからない。知るつもりもないさ。俺は絶対に成功したと信じているからな」伏見は箸を置いてビールを飲んだ。「俺の心の中では、移植は完璧な成功を収めているんだ。俺の骨髄を受け取った患者は、完全に健康を取り戻して、元気に暮らしている。俺がそう決めたんだよ。だからそれが真実だ。他の情報は必要ない」

広い食堂はしんとなった。

その場にいる全員が伏見を見ていた。

「伏見くん」五月がしんみりした声で言った。「あんた、いい奴ね」

殺人者にはもっとも似合わない表現だ、と伏見は思う。そんなことよりも、思わず語ってしまった自分が恥ずかしかった。

「五月さん、酔ってるでしょう」

それだけ言った。五月は素直にうなずいた。「うん。酔ってる」

酔っているから本音を言えた、と言いたいのだろうか。

「でも本当のことですよ」礼子が大きくうなずいた。目が少し潤《うる》んでいる。その目で妹を見やった。「あんた、しっかりしないと伏見さんを誰かに取られちゃうわよ」

優佳が小さく笑った。「それは困るな」

食卓が笑顔で満たされた。

優佳が伏見に視線を向けてくる。感動したような、愛情のこもったような顔。傍《はた》からはそんなふうに見えるよう、見事に作り上げられた表情。伏見は、それが精神力によって制御されたものであることを知っている。それができるのが優佳なのだ。伏見はそれを知っている。

「どうなんだ、伏見」安東が耳ばかりか顔中を赤くして言った。「この再会を機に、本当に優佳ちゃんをどうこうする気はないのか」

優佳の表情に完璧にだまされている口調だ。伏見は苦笑を漏らす。

「なんだよ、どうこうって」

「そりゃあ、夜這いをかけるってことよ」五月が横から言って、笑いが起こる。

「何言ってんですか」伏見は首を振る。そろそろこの話題も疲れてきた。「どうして今現在、優佳ちゃんに彼氏がいるという発想が浮かばないんですか」

「いないですよ」礼子が即答した。「優佳がつき合っている人なんて。本人がそう言っていましたから」

「隠しているのかもしれない」

「優佳に隠し事なんてできませんよ。そんなのが苦手な子だから」

礼子よ。その時点で、すでにだまされているぞ。

「本当？　優佳ちゃんは、そんなにかわいいのに彼氏いないの？」

石丸が身を乗り出した。酔っているのだろう。節度を欠いた尋ね方だった。大学でこんな口を女子学生に利《き》いたらセクハラだ。それでも優佳は気を悪くした素振りも見せず、笑顔で答えた。

「本当です。現在募集中」

「やった。応募しよう」

はしゃいだ石丸の後頭部を、五月がはたいた。かなりの力がこもっていた。

「何であんたがしゃしゃり出てくるのよ。今は伏見くんと優佳ちゃんの話をしているんでしょう？」

「そうでした」後頭部をさすりながら、石丸が笑う。

「研究室にいい人はいないの？」今度は安東が尋ね

る。さすがお坊ちゃん。こんなときにも穏やかな語り口だ。「地質学科なんか男ばかりだろうから、そりゃもてるだろうに」

優佳がビールをこくりと飲んだ。

「確かに男性はたくさんいますよ。優秀な人もたくさん」

「でも、優佳ちゃんのお眼鏡にかかった奴はいないと」

「子供の頃に伏見さんを見ちゃいましたからね」優佳が舌を出す。「伏見さんレベルの人って、なかなかいなくて」

ひゅーっとひやかす声。節制がなくなっている。骨髄移植の話題から外れてくれたのはありがたいが、この話題も適当なところで終わらせよう。あまり居心地が良くない。

「やったじゃないか、伏見」

安東が笑う。伏見の肩を叩かんばかりだ。伏見はうんざりした表情を作る。実際、少しうんざりしてもいた。

「優佳ちゃんの話をちゃんと聞けよ。『伏見さんレベル』って言ったろう? 『伏見さん本人』じゃない」

「そこにこだわるか」

「その差を正確に把握するのが大人というもんだ」

「どうりで僕がよく玉砕《ぎょくさい》するはずだ」

「ともかく」伏見は話題を打ち切るように言った。「俺は今さら優佳ちゃんを口説《くど》くつもりはないよ。俺は、優佳ちゃんにはふさわしくない」

「あら、そう?」

五月がまるで聞き流すように生返事《なま》をした。

「そうですよ。彼女はまだ現役の研究者ですけれど、俺はしがない会社員ですからね。どんどんバカになっていく自分を自覚していますから」

「そんなことないと思うけどなあ」

「そもそもキャラクターがぜんぜん違います」

五月が吹き出した。「そうかな。あんたたちほど似たもの同士はいないと思うけどね」

「賛成」石丸が顔を赤くして追随する。「同類でしょ。二人とも」

「そうそう」安東も同調した。「伏見も口ではそんなこと言っていても、ウマが合うのは認めるだろう?」

　この連中は、この話題を終了させる気はないようだ。気持ちはわからないでもない。数年ぶりの再会で、気持ちが学生時代に戻ってハイになっている。酒の勢いもある。目の前で似たような男女がいて、しかもお互いが憎からず思っているようであれば、「同窓会で再会して、過去の恋が再燃する」というありふれていて、それでいて滅多《めった》に出くわすことのない事例に期待するのは当然だ。でも。

　でも、そうはならない。自分が優佳と結ばれることはありえないのだ。それは自分が殺人者であることとは関係ない。もちろん優佳が殺人者とかかわりを持つことは許されることではないが、それ以前に、自分と優佳とは、キャラクターが違うからだ。似たもの同士、と五月は言った。それは間違ってはいないだろう。けれど自分たちは、同類ではない。似て非《ひ》なるもの、なのだ。

「じゃ、うどんを持ってきましょう」

　礼子が立ち上がって、厨房からうどんを持ってきた。「安東さんも、まあ、今日一日くらい、カロリーを気にしなくてもいいでしょ」

「うん」安東は笑ってうなずいた。「いつもは、寝る二時間前からは食べないようにしてるんだけど」

「二時間?」五月が柱時計に視線を向ける。もう午後九時二十分になっていた。新山の心臓が止まってから、四時間半が経過している。まだ誰も新山が姿を見せないことを不審に思ってはいない。優佳も、決定的な疑念を抱いてはいないだろう。順調だ。けれど、第三ピリオドを開始するのはもう少し後だ。今はこう述べるにとどめた。

「こんな日に十一時に寝るわけないから、大丈夫だろう」

「そうだけどね」

「うどんの後のお酒はどうなってるのかしら」五月が空になったグラスをテーブルに置いた。「新山くんのウィスキーには、まだありつけそうもないし」

「一応、ワインを何本か買ってあります」礼子が答えた。「銘柄のことはよくわからなかったんで、適当に選びましたけれど」

「なんか、何から何まで用意させてしまって、すまなかったね」

安東が本当にすまなそうな口調で言った。

「そうだよ。ワインなら安東の方が詳しいんじゃないか」

伏見が明るく非難した。実際、安東はウィスキーや焼酎などの蒸留酒には興味がないが、ワインや日本酒などの醸造酒にはめっぽう詳しい。その安東が首を振る。

「こんな席でワインの蘊蓄《うんちく》をたれるなんて、野暮《やぼ》なことはしないよ。楽しいのがいちばん」

「そうか。それならいい」そう言って、伏見は立ち上がった。安東が視線を向けてくる。

「どうした？」

「実は、俺もワインを持ってきてるんだ。部屋に置いてあるから、うどんが煮える間に持ってくる」

おおっと声が上がる。

「さすが伏見さん。抜かりがない」石丸が満面の笑みをたたえた。酒さえあればご機嫌《きげん》な奴だ。「でも、さっきそんなこと言ってなかったじゃないですか」

「そりゃ、新山がレアもののウィスキーを持ってきたなんて言ったからだよ。こっちは出張のついでに買ってきたカリフォルニアワインだぜ」

「カリフォルニア、いいじゃないか」安東が優しく言った。「『アメリカワインがまずい』なんてのは、七十年代に否定された迷信だろう？」

「持ってきた銘柄がいいものとは限らない。——まあ、安東も野暮なことは言わないそうだから、取ってくるよ」

「取ってくるってことは、部屋に置いてあるんですね」優佳が立ち上がった。「冷やしていないわけだから、赤ワインですか」

細かいところに気がつく奴だ。

「伏見さんのことだから、七人で飲むのに一本しかないってことはないでしょう？　わたしも持ってくるのを手伝いますよ」

伏見はちょっと戸惑う。「おいおい。二本だぜ。両手で持てば足りる」

「行きますよ。どんな銘柄なのか、みなさんより先に見てみたいし」

テーブルが歓声に包まれた。優佳が積極的に行動を起こした。そう判断されたのだろう。仕方がないから、伏見は優佳を連れて食堂を出た。

「どういうつもりだ？」

渡り廊下を通り抜けながら、伏見が尋ねた。優佳は小さく笑う。「ほら。みなさんの期待に応えて、場を盛り上げないと」

伏見は思わず苦笑した。今までの笑顔は意識して作った表情だったが、今のは自然にこぼれたものだった。

優佳はいたずらっぽい笑顔のまま階段を上る。

「みんな、見る目がありませんよね」

「――ああ、そうだな」

伏見は優佳が何を言いたいのか、正確に理解していた。「俺たちは似たもの同士ではあっても、同類ではない」

「そう」優佳は笑顔のまま、寂《さび》しそうな表情をした。「賢くて、冷静で、物事に動じない――」

昼間に安東がした表現だ。

「かなりの誇張がありますけれど、わたしたちが共にそういうふうに思われていることは理解していま す。けれどわたしたちは、決定的に違う」

伏見は応えなかった。優佳もそれを期待しているわけではなさそうだった。まるで独り言のように続ける。

「伏見さんは冷静だけど、とても熱い人です。でもわたしは冷静で、冷たい――」

優佳は階段を上りきったところで足を止めた。伏見を見る。

「あの頃のわたしは、それに気づいていませんでした。でも、伏見さんは気づいていたんですね」

「だから、逃げた」

伏見は短く言った。

あの日のことを思い出す。マッキントッシュを買いに、一緒に秋葉原へ行った帰りだった。買い物が終わったときにはすでに暗くなっていたから、伏見が優佳を家まで送った。その際、碓氷家の間近の暗がりで、優佳から告白されたのだ。

伏見は有頂天《うちょうてん》になった。すでに優佳のことを本気で愛しはじめた頃だった。その優佳が、自分から伏見のことを好きだと言ってくれたのだ。後輩たちとの約束ごとも脳裏から消し飛んだ。けれど目を閉じて顔を上に向けた優佳にキスしようとして、気づいたのだ。伏見の唇を待っている、期待と不安の混じった表情。

この表情は、作られたものだ。

伏見は我に返った。そして自分が今どんな顔をしていたかも自覚していた。今の自分は、浅ましい顔をしているだろう。伏見が普段作る、理性で制御された、どこに出しても恥ずかしくない表情ではない。感情、それ以上に欲望に支配された情けない顔。伏見はそんな表情を優佳に見られたことを知ってしまった。

けれど優佳はこの局面ですら、理性を失っていない。もちろん彼女は伏見を偽《いつわ》っているわけではないだろう。碓氷優佳は伏見亮輔のことを好きになり、正々堂々と告白したのだ。そのことに嘘はない。それは伏見にもわかる。ただ、それは理性の産物なのだ。自分の持っている伏見に関する情報を総合して、「好きになるのが適当」と判断したような。だからこの場でキスを求めて顔を上げているときも、それにふさわしい表情を選択している。そして優佳自身は、それを自覚していない。

それでも伏見には、それが作られた表情だとわかる。なぜならば、伏見本人がいつもそんな表情を作っているからだ。同じように理性が勝《まさ》って、合理的な行動を取る二人。伏見は、自分と優佳は同類だと思っていた。けれどそれは間違いだった。男女間の恋愛という、最も理性で制御しづらい局面において、伏見は自身を律しきれなかった。優佳はそれをやった。自覚することなく。伏見は途端に気力が萎《な》えた。自分は優佳にはかなわない。それを思い知らされたのだ。伏見亮輔は碓氷優佳の相手では、ない。

伏見は直前まで近づけた顔を遠ざけ、両肩にかけた手を離した。驚いたような顔をする優佳に、言った。

「やめとこう」力なく微笑む。「今日はもう遅い。時間切れだ」

それ以来、伏見は優佳を意識して遠ざけるようになった。けれど優佳にはっきりとつき合う気はないと言ったわけではない。優佳の気持ちを宙に浮かせたまま、伏見は大学を離れたのだ。

「あのとき」伏見はふうっと息をつく。「ノーと言えば嘘になった。けれどイエスと言えば、お互い不幸になった。それはわかっていた。でも、あの頃の俺はガキだった。君にそれをきちんと伝える勇気がなかった。だから、逃げた」

「今になってみれば、それが正しかったことは理解できます。自分の性質を正確に把握してしまった今では」優佳は小さく頭を振った。「けれどあのときは、あえて不幸になる道を選んでほしかった気もします。結果的に不幸になるにしても、いっときの楽しい時期はあったはずですから」

「それこそ、優佳ちゃんには似合わない」

「そうですね」優佳は素直にうなずいた。「――どんなワインですか？」

伏見はドアを開けて、部屋に入った。旅行鞄を開けて、クッション材に包まれた二本のボトルを取り出す。セロテープをはがして、クッション材を取り去った。一本を優佳に渡す。「さ、これだ」

優佳はワインをじろじろと眺めた。「ワインは、わかりません」

一緒になって笑った。「さ、行こう」

二人で廊下に出た。鍵をかけずにドアを閉める。優佳が進行方向とは逆の方に顔を向ける。六号室、新山の部屋の方だ。

「新山さん、なかなか起きませんね」

「ああ、そうだな」

「もう一度声をかけてみますか？」

寝かせといてやれよ——みんなの関心を新山から遠ざけておきたい伏見は、そう言いかけて考えた。この場合、どちらが自然だろう。起こそうとするのと、しないのと。伏見はアメリカから出張土産のワインを持ってきた。酒好きな新山にも味見してもらおうと、声をかけるのが自然だろうか。伏見はそう判断した。

「そうだな。ワインを開けるときに声をかけたというアリバイを作っておかないと、後であいつに何を言われるかわからないからな」

伏見はきびすを返して、六号室の前に立った。左手にボトルを持ち、右手でドアをノックした。

「おい、新山。起きてるか」

当然返事はない。伏見はさらにノックする。

「おい、新山。ワインがあるぞ。飲まないか。起きないと、みんなで飲んじゃうぞ」

しばらく待ったが、ドアの向こうからの返答はなかった。ドアノブを握って回そうとする。施錠されていて、回らない。

伏見は優佳を見た。「駄目だ。放っておこう。ちゃんと起こそうとしたことを、優佳ちゃん、証人になってくれ」

「わかりました」優佳はそう言いながらも、ドアを見つめたままだった。

「どうした？」

伏見が尋ねると、優佳は小さく首を動かして伏見を見た。

「新山さんは掃除の後、ずいぶん眠そうにしていましたよね。あの様子だったら、たぶん部屋に入ったら、すぐにベッドに転がって眠ってしまったんでしょうね」

「そうかもしれないな」

「じゃあ、汗をかいたまま眠ってしまって、風邪をひいたりしないでしょうか」

「うーん」伏見は優佳の発言の意味を考えながら答えた。「暖房も効いているから、大丈夫だと思うけど」

優佳は納得した顔はしていなかった。「早めに起こした方がいい気もしますが」

「そう？」伏見は腕時計を見た。午後九時二十五分になっている。「今九時二十五分。解散したのが四時。もう五時間が過ぎている。風邪をひくんだったら、もうひいているさ」

「そうですね」

そう言いながらも、優佳はドアノブを握った。回そうとするが、回らない。そのままドアを押した。ドアはぴくりとも動かなかった。何度か押したり引いたりしたが、やはりドアはまったく動かない。優佳はあきらめたように、ノブから手を離した。

「さあ、戻ろう」

伏見は階段を下りながら、今の行動の意味を考えた。優佳が新山に声をかけようと言いだしてからの、一連の行動の意味を。

メリットはあった。まず、午後九時二十五分を過ぎて、新山に声をかけたという実績ができたということだ。先ほど安東たちと新山を起こそうとしたときは、午後八時だった。それから一時間二十五分後にもう一度起こそうとしたけれど起きなかったという実績が。これで、次に誰かが新山を起こそうと言いだす時間が、また遅くなるだろう。第三ピリオドの開始は、まだ先だ。

メリットはもうひとつあった。優佳という第三者の目の前で、伏見の指紋が自然な形でドアノブに付いたことだ。伏見は犯行時に手袋をしていたから、ドアノブに伏見の指紋は付いていない。けれど、手袋の表面に伏見の細胞のかけらが付着していないとはいえない。指紋は付いていなくても、伏見の細胞がドアノブに付着していた可能性はある。それならば、他人の目のあるところで、きっちりドアノブに触れておいた方が安全だ。それが達成できた。しかも優佳の勧めに従って新山を起こそうとしたのだ。そこに伏見の積極的な意志はない。その行動に不自然さはないだろう。

だが、それらのメリットに勝る懸念《けねん》があった。優佳は新山が起きてこないことを不審に思っている。優佳は「新山が風邪をひいていないか心配だ」と言った。おそらくそれは現在の状況に納得していないことを、ソフトな表現で伏見に伝えたものだろう。眠りすぎる――そんなふうに。

新山の死は、やがて警察の知るところとなる。警察は当事者である伏見たちに同じ質問をするだろう。「夕方からそんなに長時間返事がなくて、不思議に思いませんでしたか。眠りすぎると思いませんでしたか」と。

それに対する回答は用意してある。花粉症の症状を抑えるのに睡眠改善薬が有効だということは、伏見自身が言いふらしていることだ。職場でも、花粉症の同僚に勧めている。これは人によって、どの程度眠気が生じるのかを確かめるための、人体実験でもあった。その結果、昼間からでも深く眠り込んでしまう人間がいることを確認しているのだ。

警察は証言の裏を取ろうとするだろう。伏見の同僚に事情聴取を行う。そして同僚は昨年そんなことがあったと答える。だから確かに効くけれど、平日は服用をやめているのと。そして伏見は答える。今日は休日だから、新山が眠り込んでしまう体質でも問題ないだろうと考えた、と。

伏見は新山に一服《いっぷく》盛ったわけではない。伏見は自らも薬を飲み、安東も飲んだ。新山も自分の意志で飲んだのだ。全員の目の前で。自分が持っていた薬まで飲んだのは期待以上の出来だったが、これで新山が深く眠り込んだという推察は確度が高いものとなる。事実、新山は深く眠り込んでいた。仮に伏見が新山を殺さずに、あのまま放っておいたとしたら、新山は何時頃目覚めただろう。ひょっとしたら、まだ眠っていたかもしれない。だからこそ、伏見は「新山がまだ眠っている」という嘘を堂々とつくことができる。半分は嘘ではないのだ。生きていたら、眠っているはずだから。

それでも優佳は不審に思っている。「鍵をかける必要がない」と自ら口にした新山が、部屋に鍵をかけていることに疑念を抱いている。それに関する答えも伏見は用意していたが、自宅生である優佳にはぴんと来ていないのかもしれない。

まあいい。新山が部屋から出てこないことに関しては、いずれ不審に思われるのだ。優佳のそれも、まだ漠然としたものだ。いくら優佳だって、考える材料がなければ仮説のたてようもない。

食堂に戻ったとき、みんなきょとんとした顔で伏見たちを出迎えた。

「なんだ。もう戻ってきたの？」礼子が驚いた表情で言った。「みんなで、一時間は待たなきゃって言っていたのに」

伏見は沈痛な面持ちで首を振る。「大倉、品《ひん》がないぞ」

「いいんですよ。わたしは人妻だから。——で、どんなワインなんですか？」

「ほら」伏見が礼子に、優佳が安東にボトルを渡した。安東の表情が変わる。

「えっ……」

「安東さん、どうしました？」石丸が寄ってきた。

安東は石丸を無視して伏見を見た。

「伏見、おまえ、これ『オーパス・ワン』じゃないか」

「ああ、そうだよ」

「そうだよ、じゃないよ」安東は興奮していた。耳が赤くなっている。「それならそうと最初に言ってくれよ。ビールをたらふく飲んじゃったじゃないか！」

ほとんど怒声《どせい》だった。伏見はしれっとした顔で応える。「それはすまなかったな」

「なんなんですか？　いったい」状況がわかっていない石丸に、安東が大きなため息で答えた。

「オーパス・ワンってのは、カリフォルニア最高のワインだよ。生産数量も少なくて、滅多に手に入らない。僕も話には聞いていたけれど、現物を見るのははじめてだ」

「そんなにすごいんですか」

安東はまだボトルから視線を外せない。

「すごい、という話は聞いている。値段だって、日本で買えば、おそらく新山が持ってきたウィスキーの二倍か三倍はする」

「ええーっ！」

女性陣から驚きの声があがる。

「この宿に似合うだろう？」伏見は演出効果を高めるため、さりげない口調で言った。「今日のために買ったものじゃないけど、みんなに飲んでもらえれば、わざわざアメリカから持ち帰った甲斐があったというもんだ」

「まったく伏見さんて人は」礼子が呆れたような口調で言った。「さらっとこんなことをするんだから。じゃあ、コルク抜きを持ってきますね」

礼子が席を立とうとしたが、安東がそれを止めた。

「僕が行くよ。デカンターも持ってくる。デカンティングしておいて、うどんを食べている間に馴染ませよう」

安東はスキップするような足取りで厨房に向かった。すっかりご機嫌だ。これでは石丸と大差ない。

「あまり期待するなよ。がっかりしても知らんぞ。ただでさえ、ここに来るまでに揺すられているんだから」

伏見が厨房にいる安東に向かって、大声でたしなめた。厨房から返事が返ってくる。

「なに、これはもうお祭りだ。まずいわけがないさ」

「さすが安東さん、いいこと言う」石丸もにこにこしている。「けど、新山さんも呼ばないと、後で恨《うら》まれそうですよね」

あの人酒にうるさいから、と自分を棚に上げた。

「心配ない。さっき起こしたけど、やっぱり起きなかった。——な、優佳ちゃん」

「そうですね」

優佳も名醸ワインの登場によって華やいだ雰囲気に、目を細めていた。

状況は伏見の目論見《もくろみ》どおりになっている。しばらくはワインで盛り上がって、新山のことを忘れるだろう。正確には、飲み損ねた新山をネタにするだけで、奴を起こしに行こうという人間は出てこない。それにワインは二本ある。合わせて千五百ミリリットル。伏見は味見程度にしか飲むつもりはないから、残り五人で三百ミリリットルずつ。今までもビールをかなり飲んでいるから、このワインが空く頃には、全員相当酔っているだろう。まともな思考は働かない。この後も礼子が買ってきたワインがあるから、うまくすれば酒を飲んでいるうちに寝入ってしまって、新山の不在が問題になる前に朝が来るかもしれない。伏見の計画の理想パターンはそれだ。それほど都合良く進むとは伏見も思っていないが、少なくとも連中が新山の死体を発見するための最短ルートを進むことはないだろう。

「うどんもうまいっすね。コシがあって」

石丸がなおも健啖《けんたん》ぶりを発揮して、うどんをすすっている。「讃岐《さぬき》ですか」

五月が一本一本、丁寧に口に運びながら答える。

「パッケージにはそう書いてあったわね」

「海鮮のだしが麺《めん》に染みて、たまらんですな」

「おっさんか、あんたは」

なかなかいいテンポで会話している。この二人は案外いいカップルなのかもしれない。

ワインへの期待のせいか、うどんはあっさりとなくなった。「まずは片づけよう」と安東が提案して、テーブルの食器をみんなで厨房に運んだ。

「洗うのは、明日の朝でいいよ」安東はそう言った。「今は労働する気分じゃないだろうし」

「明日は二日酔いで、労働する気分じゃないかもね」

五月が言い、石丸が「それもそうですね」と妙な納得をした。

安東の提案どおり流しに食器を置きっぱなしにして、食堂に戻った。テーブルを拭き、ワイングラスを並べる。ワイングラスはリーデルだ。安東の話では、一脚一万円以上するらしい。本当に金がかかっている宿だ。もちろん安東の兄は、それをいちいち宿泊客に説明したりはしないだろう。高級品を日用品として使用するのが上流階級というものだ。

「まず安東、テイスティングをしてくれ」

伏見は芝居《しばい》がかった手つきで安東のワイングラスに注いでやった。三分の一ほどで止める。安東は神妙な顔で、そして正式な手順を踏んでワインを口に含んだ。そのまま目を閉じて静止していた。

「どうっすか、安東さん」

石丸が身を乗り出して聞いてくる。安東は目を開けた。

「すごい」

「『すごい』だけじゃ、わからないですよ」

「飲めばわかるよ」安東は夢見るような表情で答えた。「これだけでも、今日来た甲斐はあると思うな」

伏見が全員にワインを注いでやる。それぞれが思い思いの表情でルビー色の液体を口に含んだ。

「へえ」

それが第一声だった。五月だ。「ワインってあんまり飲まないけど、こういうのもあるんだ。――っていうか、これがワインなんだ」

「ほんと、おいしい」礼子も感嘆したように口に手を当てた。「アメリカ人は味にうるさくないってイメージがありましたけど、こんなのも作っちゃうんですね」

「安東さんの言うとおりだ」石丸の声も大きくなっている。「これ、すごいっすよ。伏見さん」

口々に伏見のワインを褒《ほ》め称《たた》える。当の伏見は醒めた頭で飲んでいた。確かに美味だが、感涙に打ち震えるほどうまいわけではない。もちろん今の自分の精神が、ものの味をしっかり評価する状態になっていないことが原因だ。伏見にとって重要なのは、オーパス・ワンが本当にうまいかどうかではなく、それによってこの場の全員がワインを浴びるように飲んで、新山のことを脳裏から消し去ってしまうことなのだ。

「本当においしいワインですね」

優佳も言った。その声は平静そのものだった。この場にふさわしい、計算された感動が含まれていない。そのことに伏見は違和感を覚えた。思わず優佳を見た。

「こんなすごいワインを、わたしたちだけで飲むのは申し訳ないです」

優佳は立ち上がった。伏見に視線を向ける。視線が合った。

「新山さんを起こしてきます」

優佳がそう言ったとき、柱時計は午後十時十分を指していた。新山が死んでから五時間二十分が経過している。

扉は、閉ざされたままだ。

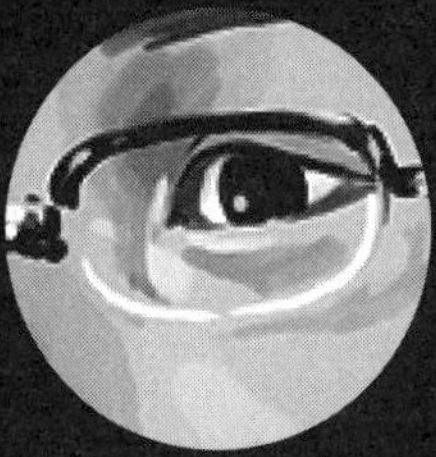

第三章

不審

伏見たちは重厚なドアと相対していた。

大学の軽音楽部。その部員の中でも特に仲の良かった人間が集まった同窓会。

伏見亮輔。

上田五月。

安東章吾。

新山和宏。

大倉礼子。

石丸孝平。

そして部員ではないが親交のある礼子の妹、碓氷優佳。

この七人のうち新山を除く六人が、新山の客室である六号室の前に立っていた。


新山は部屋の浴室で死体になっている。伏見自身が手を下したのだ。けれど他の五人は新山の死も、伏見の犯罪も知らない。

ドアに立つ連中の顔には、緊張感はまったくない。赤く火照《ほて》った頬に、宴《うたげ》の心地よさが浮かんでいる。懐かしい友人たちと再会した喜び。食事の満腹感。適度なアルコール。そして伏見が持ってきた高級ワインに対する感動。それらが一体となって、参加者の心を満たしている。それが見て取れた。唯一優佳を除いては。

伏見は優佳の横顔を見る。整った顔立ちはアルコールによってやや赤らんでいたが、理性で自分自身を支配している者が持つ、瞳の輝きがあった。

なぜ優佳は突然新山を起こそうなどと言ったのか。それを優佳は説明している。ワインがおいしいからだと。伏見がアメリカから持ち帰ったワインがあまりにおいしいから、新山に飲ませることなくボトルを空にしてしまうのは申し訳ないと。しかし伏見はその説明に納得していない。なぜなら、優佳の表情が真剣だからだ。知人に酒を飲ませるためだけに起こしに来るには、あまりに真剣な表情。優佳が新山の不在に、一定の不審を抱いているのは間違いない。ただ伏見には、それがどのレベルの不審かはわからない。

伏見は腕時計を見た。午後十時十分。新山が死んでから、五時間二十分が経過している。伏見のシナリオでは、この時間帯はまだワイン談義に花を咲かせているはずだった。次に新山を起こしに行くのは、十二時過ぎになる予定だった。十二時過ぎならば、新山が寝入ったと推定される午後四時から八時間が経過していることになる。いくら熟睡しても、八時間眠れば起きるだろうと思われるからだ。それを優佳が二時間も早めた。なぜだ？

自分が見落とした何かに、優佳は気づいているのか。伏見はそれが怖かった。

ノックの音が聞こえる。安東が六号室のドアを叩いているのだ。

「おい、新山。起きろ。いい酒があるぞ」

返事はない。安東はなおも笑顔でノックを続ける。

「新山。オーパス・ワンがあるぞ。起きないと、飲んでしまうぞ。起きろー」

ドアノブを回すが、施錠されているからノブは回らない。ノブを持ったままドアを内側に押そうとする。ドアはぴくりともしない。その様子を見て、伏見の頭を何かが走り抜けた。ドアノブを持ったまま、ドアを開けようと内側に押す。この行為をついさっき見た気がする。伏見はそれをいつ見たかを思い出そうとした。そして思い出した。

そうだ。ワインを取りに伏見の部屋に戻ったとき。一応、もう一度新山に声をかけようと優佳がやっていた。今と同じように、ドアはぴくりとも動かなかった。ぴくりとも。

伏見の背中に悪寒《おかん》が走った。優佳が何に感づいたのか、それがわかったのだ。

「駄目だ。起きない」

そう言う安東の顔から笑顔が消えていた。これほど声をかけても起きないのは、変だ——その表情はそう語っている。

「よくこんなに寝られるわね」

礼子は呆れたように言ったが、その顔も引き締まっている。石丸の顔も、伏見たちが知る道化役の顔から、大学教官の顔に変貌しつつあった。

「優佳ちゃん」

冷静な声が響いた。五月だった。「優佳ちゃんは、新山くんが起きないって予想してたんじゃないの?」

優佳はゆっくりと五月に顔を向けた。「どうして、そう思われるんですか?」

「特に理由はないけど」五月は眼鏡を光らせた。「ノックする安東くんの様子を、じっと眺めてたからかな。期待していないような目つきで」

「……………」

「ちょっと優佳、どういうこと?」

礼子が妹に問いかけた。優佳はちらりと伏見を見る。仕方がない。この局面では、変に口止めしない方がいい。伏見は小さくうなずいた。

「さっき伏見さんとワインを取りに来たとき、新山さんを起こそうとしたんです。一緒に飲んでもらおうと思って」優佳はそう言った。

「ああ、伏見くんがそんなことを言ってたわね」五月がうなずく。

「はい。そのとき、わたしもドアを開けようとしたんです。今の安東さんのように、ドアノブを持ってドアを押して。でもドアはぴくりとも動きませんでした」

「それがどうかしたの?」今度は礼子。「鍵がかかっているんだから、当然でしょう?」

しかし優佳は頭を振った。「お姉ちゃん。違うの」

「え?」

優佳は全員を等分に見て、口を開いた。

「ここの客室のドアは、ドアノブの中央にあるボタンを押して施錠するようにできています。そうすることによってボルトが固定され、外から開けようとしてもドアノブは回らず、ボルトは引っ込まない。そのままドアを押しても、ボルトはドア枠の受け具に当たってしまって開きません。今がその状態です」

誰からも反論はなかった。それ以前に、どうしてそんなあたりまえのことを言うのか、という雰囲気が漂《ただよ》った。優佳はなおも話を続ける。

「いいですか？　そのままドアを押しても、ボルトがドア枠の受けに当たって開かない。そんな構造ですが、ボルトと受け具がほんのわずかな隙間もなく作られていると思いますか？　皆さんがご存じのドアを考えてみてください。ほんの少しだけ――一ミリかそこら――の余裕があるでしょう？　このドアは本来なら、施錠されていても少しは動くはずなんです。ボルトと受け具の余裕分だけ。ドアを押したとき、ドアはその分だけ動いて、その後ボルトが受け具に当たって止まる。それが正しい状態なんです。でもこのドアは、ぴくりとも動かない。ほんの一ミリ分も」

全員の顔が引き締まった。優佳の言いたいことがわかりかけているのだ。優佳は隣の部屋、五号室に向かった。

「伏見さん。ちょっとこのドアを使っていいですか？」

承諾するしかなかった。「――ああ。いいよ」

優佳は五号室のドアの前に立った。ドアノブを握る。ノブを回さずに、そのまま押した。ドアはわずかに動いた後、ガッという音をたてて止まった。優佳が今度はノブを引く。また同量動いて、同じ音をたてて止まった。それを数回繰り返した。

「これが本来の状態です」

優佳は六号室の前に戻ってきて、言った。

「そ、それで」安東はもどかしそうに言った。答えが喉まで出かかっているのに出ない。そんな感じだった。「どういうことなんだ？」

優佳はドアを指さした。

「このドアは、内側からドアストッパーがかけられています。だからぴくりとも動かない」

伏見は誰にも聞かれないように、深く呼吸した。早すぎる。

ドアストッパーについて、いつかは気づかれることは計画に入っていた。そうでなくとも、しかるべきタイミングで伏見自身が言及するはずだった。でも、その可能性に到達するのは、もっと先であるべきなのだ。こんなに早い時間帯、午後十時過ぎなどに言及されるべきでは、なかった。

「すると」安東が首を傾げた。「新山は、ドアの鍵を閉めたばかりか、わざわざストッパーまで使ったっていうことか？」

「そういうことなのかもしれません」

優佳は慎重にそう答えた。

「それ以外は考えられないでしょう」五月がばっさりと言う。「この部屋には、新山くんしかいないんだから」

「わかりませんね」石丸が人差し指で頬を掻《か》いた。「新山さんが籠城《ろうじょう》しているっていうんですか？」

「結果的にそうなっているな」

伏見は議論に参加することにした。自分のキャラクターを考えると、ずっと黙っていると変に思われる。「新山は、本気で寝るつもりだったのかもしれないな」

すぐには返答がなかった。みんな伏見の言いたいことがわからなかったようだ。伏見は言葉を継ぐ。

「薬を勧めた俺が言うのもなんだけど、睡眠改善薬を飲んだ新山は、本気で眠かった。幸い二時間の自由時間をもらったから、この時間めいっぱい眠ろうと思った。だけど今日は同窓会だ。石丸あたりが酒を持って乱入してくるかもしれない。安眠の邪魔をされてはたまらないから、ドアに鍵をかけた」

「僕ですか」石丸が自分を指さした。

「その可能性はあるわね。いかにも石丸くんのやりそうなことだ」

五月が冷たく言い、場の雰囲気が少し和《なご》んだ。伏見は話を続ける。

「けれどそれだけでは新山は不安だった。なぜなら家主代理の安東がいるからだ。安東が部屋の合鍵を持っているかもしれない。安東が合鍵を使って石丸と共に乱入する可能性も考えて、ドアストッパーまで噛ませたのかもしれない」

「僕は合鍵を持ってないよ」安東が不満そうに言った。「それはみんなに言ったはずだけど」

「新山はそれを聞き逃したか、忘れていたのかもしれない。とにかく、そうやって新山は今も惰眠《だみん》をむさぼっている。その可能性はないかな?」

最後はからかうようなニュアンスを込めた。これは全然深刻な状況ではない。それを納得させなければ。

「その可能性は、確かにありますね」

そう言ったのは、意外にも優佳だった。計算された微笑みを浮かべていた。

「可能性はあると思うけど」礼子が首をひねる。「新山くんって、そんな慎重な性格だったっけ」

「人は三大欲求を妨害されたとき、もっとも気分を害するものだからね」五月が素っ気なく言った。「食欲、性欲、睡眠欲」

「なるほど」石丸が神妙にうなずいた。

なるほど、はこっちだ——伏見はそう思う。掃除の後、休息に充《あ》てた二時間。その時間、五月と石丸は二人きりで過ごしたと思われる。それならば誰にも邪魔されないように、ドアの鍵をかけたのではないだろうか。しかもドアストッパーまで使って、二人きりの時間を確保した。もしそうならば、伏見の説に説得力を感じるはずだ。伏見はそう読んで、今の仮説を披露《ひろう》した。案の定、五月と石丸は納得してくれたようだ。そしてその納得は、他のメンバーにも波及《はきゅう》する。

「うん、そうかもな」安東もすっきりとした顔になった。「僕まで安眠妨害すると思われたのは心外だけど、石丸を遠ざけておくための処置と言われれば納得がいく」

「僕だけですか」

石丸が頰を膨らませた。

「二人でゆうべ飲んだんでしょ？」礼子にも笑顔が戻った。「新山くんはそれに懲《こ》りているのかも」

廊下に笑いが起こり、高い天井に反響した。伏見も一緒になって笑いながら安堵《あんど》していた。ドアストッパーの一件は、これでごまかせた。少なくとも、優佳以外に対しては。

優佳を見た。優佳は伏見同様屈託のない笑顔で笑いながらも伏見を見ていた。後で話がある、とその目は言っていた。わかってる、と目で答える。もう一度優佳とは話をしなければならない。

「しかたない。新山には悪いけれど、オーパス・ワンは飲んじゃおう」

幹事の安東が宣言して、食堂に戻ることになった。

「安東。まだ開けたのは一本だけだ。もう一本は新山のために残してやろうぜ。あいつが何時に起きてきても飲めるように」

伏見はそう言った。このメンバーでの伏見の役どころは『冷静で気配りのできる先輩』だ。『アル中分科会』のリーダーでもある。そう言うのが自然だろう。思ったとおり、礼子が「伏見さん、優しーい」とほめてくれた。伏見の発言の裏には、「二度と新山にワインを勧めるために起こしには行かせない」という意図があることには気づかずに。

食堂に戻った。テーブルには、デカンターに入った赤ワインとワイングラスが六脚。それぞれが自分の席に着いた。

「それじゃあ、仕切り直すか」

安東が残ったワインを、等分に注いだ。それぞれのグラスに、一杯目に味見したときとほぼ同量が入り、一本目のオーパス・ワンが空いた。

「やっぱりうまい」

安東がそんなことを言いながら、ワインを飲み干す。空いたグラスを名残惜《なごり》しそうに眺めていた。礼子が席を立った。

「買ってきたワインを取ってきますね。あと、おつまみになるものも」

本当に率先して働く子だ。以前から先輩や後輩の面倒見が良かった。伏見さんのワインの後じゃ、分《ぶ》が悪いわねと言いながら厨房に向かおうとする。よしよし、と思う。このまま酔っぱらって朝を迎えてくれれば、いうことはない。

ところが。

もう一人が席を立ち、その物音で礼子が足を止めた。優佳だった。

「わたし」宣言をするように言った。「建物の周囲を探検してきていいですか？」

伏見を除く全員が、あっけにとられた顔で優佳を見上げていた。

「おいおい」安東が柱時計を見た。「もう夜の十時半だよ。外を探検っていっても……」

「建物の周囲を一回りしてくるだけですよ」

優佳はなんでもないことのように返した。玄関に向かおうとする。礼子があわてて止めた。「ちょっと優佳、どういうつもり？」

声が少し怒っている。妹が突然わがままな行動を取ろうとしていると思ったのだろう。それが普通の反応だ。けれど伏見には優佳の意図がわかっていた。優佳が何を考えて行動を起こそうとしているかを理解しながら、腹の底に嫌な感覚が広がっていくのを感じていた。

優佳は、庭から六号室の窓を見ようとしているのだ。

伏見は歯がみした。またしても早い。まだ午後十時半だ。伏見の想定以上のスピードで状況が展開していく。優佳の手によって。

　自分は優佳の能力を見誤《みあやま》っていたのだろうか。伏見はそう考える。優佳もまた懐かしの友人たちと再会したためにハイになって、酒を過ごして酔っぱらうだろうと、高《たか》を括《くく》っていたのか。そうなのかもしれない。

　けれどそれは、伏見にはコントロールできないことだ。礼子が優佳を連れてくることに反対できたわけはないし、優佳の知的活動を伏見が止めることなどできるわけもない。コントロールできない部分に拘泥《こうでい》する暇があったら、自分はこの状況を切り抜ける方策を考えなければならないのだ。伏見は瞬時に頭を切り替えた。

「じゃあ、俺も行こう」

　伏見は立ち上がった。「優佳ちゃんがこんなときに突飛《とっぴ》な行動を取るはずがない。建物の周囲を回るっていうのには、しっかりとした目的がある。優佳ちゃん、そうだよな」

　優佳は黙ってうなずいた。他の四人はまだわかっていないのか、伏見と優佳を交互に眺めるだけだった。

「二人だけでわかり合わないでくれますか」石丸が我慢しきれないように立ち上がった。「僕も行きます。その目的を知りたい」

　伏見はそんな石丸を見やった。「なに、出向かなくてもここで教えてやれる。優佳ちゃんは、新山の部屋を見たいのさ。正確には、新山の部屋の窓を」

「窓を……？」石丸が口を開けた。説明されたら、余計混乱した。そんなふうに。伏見は話を続けた。

「さっき俺は、新山は休憩時間中熟睡するために、誰も入ってこられないようドアに鍵をかけたと言った。もしそれが本当ならば、新山は眠るために部屋の明かりを消しているだろう。優佳ちゃんは、それを確かめたいんだ」

「それって」礼子が戸惑ったような声を出した。優佳の目的はわかったけれど、その真意をまだはかりかねている声。「どういう意味ですか?」

「まだわからない。窓を見てから考える」伏見は自《じ》嘲《ちょう》するように言った。触れられたくない可能性について、自ら言及しなければならない自分に、実際自嘲していたのかもしれない。けれど無言を貫《つらぬ》いて優佳に勝手に話を進められるよりは、自分で進捗《しんちょく》をコントロールできる立場に身を置いた方が得策だ。優佳から考えを引き出しながら、自らも意見を言うふりをして、場の展開をコントロールした方がいい。伏見はそう判断した。優佳に出口を示した。

「さ、行こう」

「やっぱり僕も行きます」石丸が身を乗り出した。ところが、それを五月が遮《さえぎ》った。「外に出る必要が、あるのかしらね」

「というと?」

五月は離れの方に視線をやった。「ドアの隙間から、明かりが漏れていると思うけど。それならわざわざ外に出なくても、また部屋の前に行けば済むことのような気がする」

「あ、なるほど」石丸が納得しかけたが、安東が首を振った。

「五月さん、ダメです。ドア枠は廊下側が出っ張っていて、ドアを受けとめる構造になっています。だからそれが邪魔をして、光は漏れてきません」

「なるほど」五月も納得したように腰を上げた。「仕方がないわね。わたしもつき合うか」

結局、全員で表に出ることになった。安東が厨房に入り、配電盤を操作した。「庭の照明を点けた」

玄関で靴に履き替え、表に出た。全員がそれにならい、靴を履く。新山のトレッキングシューズだけが残った。

玄関を出ると、庭には煌々《こうこう》と明かりが点《とも》っていた。夜間のゴルフ練習場のような明かり。個人宅の照度ではなかった。おかげで庭の様子が見て取れた。先導役の安東が一歩踏み出す。玄関から左に折れて、建物に沿って歩いた。

「あっちが離れだ。六号室は奥の部屋だから、もう少し歩いて、建物から距離を取れば二階の窓が見える」

一行は建物から徐々《じょじょ》に離れながら、離れの方に向かって歩いていく。安東が立ち止まり、二階の窓のひとつを指さした。

「あれだ」

六人が一斉に顔を上げた。母屋に比べると小さい──といっても一般の建て売り住宅並みの──家屋が照明に浮かび上がっていた。離れだ。伏見と、そして新山が投宿している建物を、自分たちは外から見ている。規模こそ小さめだが、屋根のデザイン、壁の色などは母屋と統一されていた。その二階部分に、それぞれ個室があると想像できる窓がふたつ並んでいた。母屋に近い方が五号室。伏見があてがわれた部屋だ。伏見はワインを取りに戻り、部屋を出るときに照明を消してきた。だから窓の中は真っ暗だった。そして隣の六号室の窓は──。

明かりが点いていた。

「電気が点いている……」石丸がつぶやいた。安東が指さした六号室の窓では、半分開かれたカーテンの隙間から照明の光が漏れていた。

「新山くんは、明かりを点けたまま寝ちゃったのかしら」

礼子は妹を見た。しかし優佳はその場では、何も説明しようとはしなかった。代わりに言った。

「戻りましょう。やっぱり、夜はまだ寒いですね」

一同は食堂に戻った。安東が厨房へ行き、庭の照明を消した。そのついでにワインを一本持ってきて、テーブルで栓を抜いた。スマートなボトルに、白いラベル。ラベルには日本語が書いてある。シャトー・メルシャンの長野メルローだ。ワインはわからないと言いながら、礼子はなかなかの酒を選んでくる。安東は空になったグラスをすすぎもせずに、違う銘柄のワインを注ぎ足した。自分のグラスにたっぷりと注ぐと、他の参加者のグラスも同じようにした。

石丸が黙ってワインを呷《あお》った。一気に半分飲み干し、グラスを置く。誰もしゃべらなかった。

先ほどまでの、明るい雰囲気が消え去っていた。かといって重苦しい沈黙が支配しているわけでもない。重苦しいのではなく、対応に困るような、奇妙な沈黙。その場の誰もが、今まで見聞きしたことに対して、考えをまとめきれていないのだ。

自室で眠っているはずの新山。自分で目を覚ますまで放っておこうと、コンセンサスがとれていたはずだった。それなのに優佳が新山のことを気にしている。そして伏見が、なぜ優佳が新山のことを気にしているのか、それに感づいている。それは他の参加者にもわかっているようだ。ではなぜ二人は新山のことを気にするのか。それが理解できないからこその沈黙なのだ。


「優佳ちゃん」五月が沈黙を破った。全員の視線が優佳に集まる。伏見も同じように優佳を見た。人形のように整った顔がそこにあった。もう酔いによる頬の赤さは消え去っている。

「優佳ちゃん」五月がもう一度言った。「明かりが、点いていたわね」

「はい」

「優佳ちゃんは、伏見くんが解説してくれたように、あれが見たかったの？　新山くんが明かりを消して寝ているのか、それとも点けたまま寝ているのか、どっちなのか。それを知って、どうしようというの？」

「わたしが知りたかったのは」優佳が口を開いた。「新山さんは、どうして部屋の鍵をかけたのかということです」

「え？」

優佳はワイングラスを取り、中の液体を一口飲んだ。

「夕食の準備をする前に、全員で新山さんを起こしに行きましたよね。新山さんは起きなかった。ドアには鍵がかかっていました」

「そうね」

五月が思い出すのを確認して、優佳は話を続けた。

「そのとき、変だなと思いました。というのも、掃除をする前に安東さんがわたしたちを部屋に案内してくれた際、新山さんは『知り合いしかいないから、鍵をかける必要もない』と言っていたからです。ちょうど石丸さんがわたしに夜這いをかける話をして、盛り上がっていたときのコメントでした。もちろん夜這いなんてただのネタです。わたしを含めさせていただいて、ここにいる全員はもっとも安心できる友達だから、鍵をかける必要がない。だからこそ出た言葉でしょう。わたしは一連の会話を、何年経っても信頼し合える友情の証と捉えました。それなのに、それを口にした新山さん本人が、なぜ鍵をかけたのか」

誰も返事ができなかった。優佳は他人のコメントを待たずに先に進める。

「みなさんは誰も気にしていなかったようですが、わたしは気になりました。性分なんです。納得できないことがあると、気になって仕方がない。だから伏見さんに相談しました」

全員の視線が、今度は伏見に集まる。やれやれだ。

「伏見さんの見解は、新山さんが一人暮らしをしているからではないかというものでした。一人暮らしの人間は、部屋に帰ると鍵をかける癖《くせ》がついている。だからその必要のない今日も、無意識のうちに鍵をかけてしまったのではないかと」

「なるほど」石丸がうなずいた。「確かにそうかもしれないな。僕も一人暮らしだから、アパートに帰ったら、特に意識せずに鍵をかける」

「俺もだ。だからそう思ったんだよ」伏見は言った。言った瞬間に後悔した。言い訳がましいと思ったからだ。けれど優佳は伏見の心情に気づかぬように話を続けた。

「確かに説得力のある意見です。完全に納得はできませんでしたが、そうであってもおかしくはないと思いました。けれど、それが間違っていることがわかると、また気になりはじめたんです」

「間違い？」

安東がオウム返しに尋ねた。安東も伏見の説明に納得していたようだったからだろう。優佳は首を振る。

「思い出してください。ついさっきのことを。伏見さんのワインがあまりにおいしかったから、やっぱり新山さんにも飲んでもらおうとして、もう一度起こしに行きましたよね」

「――あ」五月が声を上げた。「そうか。新山くんはドアストッパーをかけていた」

優佳はうなずく。「そうなんです。新山さんはドアストッパーをかけていた。まさか、無意識のうちにドアストッパーをかけるわけがない。ということは、新山さんは自らの意志で部屋に鍵をかけた。そういうことなのだと思います。そこではじめの疑問に戻ります。なぜ新山さんは鍵をかけたのでしょうか」

沈黙が落ちた。五月。安東。礼子。石丸。誰もが優佳の話を反芻《はんすう》している。

「でも、それについては」礼子が思い出したように言った。「伏見さんが説明してくれたんじゃなかったっけ。新山くんは眠かった。次の集合時刻まで、二時間ぐっすり眠りたかった。そこで安東さんや石丸くんの妨害を防ぐためにもドアにしっかりと鍵をかけた」

「そうね」優佳は姉の記憶力に満足したようにうなずいた。「伏見さんの仮説が本当かどうか、それを検証しようとして窓を見たの。掃除が終わって解散したのは四時前。この時期の日の入りは五時半から六時の間くらいでしょう。だから四時はまだ暗くなる時間ではなかった。でもここの客室は窓が東向きでしょ？　夕方は照明なしでは少し暗い。だから何か作業をするのであれば照明を点けるでしょうけれど、ただ眠るつもりだったなら、照明は点けずに寝るんじゃないか。そう思ったのよ。でも窓からは明かりが漏れていた」

「新山さんは、部屋に戻ってから電気のスイッチを入れた」石丸が唸《うな》った。「ということは、どういうことなんだろう」

「可能性としては、こんなのがあるな」伏見が口を挟んだ。この問題が大きくなるのを食い止めなければならない。「新山は眠かったから、明かりが点いていようがいまいが関係なかった。部屋に入ったときに、部屋が暗かったから照明を点けた。明るくなった部屋で、ドアに鍵をかけてドアストッパーを嚙ませた。そのままベッドに倒れ込んでぐっすり」

「うーん」安東が以前より丸くなった自分の顎をつまんだ。「確かにありそうだな、それ」

「そうでしょうか」優佳が遮《さえぎ》った。「新山さんはこの宿に今日はじめて来たと聞いています。ドアストッパーの使い方に慣れていないはずです。それなのに、照明が気にならないほど眠い人が、わざわざ不慣れなドアストッパーを仕掛けるのは不自然な気がします」優佳は伏見を見た。目が合った。「それに伏見さんの仮説だと、ドアストッパーは『合鍵を持っているかもしれない』安東さんの侵入を防ぐためのものでした。けれど安東さんは奥ゆかしい人です。眠っている後輩をたたき起こして酒を強《し》いるとも思えません。それを知っている新山さんが、安東さんを防ぐという発想をするでしょうか。眠い頭でドアストッパーのことを思い出してまで」

優佳の瞳は理性に輝いていた。伏見がもっとも警戒しなければならないタイプの瞳になっている。

「これがドアの鍵だけだったら理解できるんです。ボタンを押すだけですし。石丸さんに限らず、他の誰かが自分の眠りを妨害しないように鍵をかける。それだけなら理解できます。けれどわざわざドアストッパーまで使ったことに不自然さを感じるんです。繰り返しますが、ドアストッパーは安東さんが押し入ってくると想定しなければ、絶対に使わない道具なんですよ」

広い食堂は、また静寂に包まれた。誰も口を開かない。

みんな、対応に困っているのだ。優佳の説明は非常にわかりやすかった。そして説得力がある。優佳の説明を聞いていると、新山がドアストッパーまで使って、しっかりと施錠したことは不自然に思える。だけど。

「だけど」五月が伏見の、いや全員の心情を代弁して口を開いた。「確かに不自然かもしれないけれど、現実に新山くんはドアに鍵をかけて寝ている。優佳ちゃんが見抜いたように、ドアストッパーまでかけて。現実にそうなっているんだから、その理由は新山くんが起きてから本人に聞けばいいんじゃないかな」

「僕も五月さんに賛成です」安東がワインを一口飲んだ。「新山が伏見の言うとおり、僕の乱入を防ぐためにストッパーをかけたとしたら、ちょっとショックですけどね」

「安東」論点をずらすために、伏見は口を開く。「おまえ、新山がおまえを避けるようなことを、なにかしたか？」

「とんでもない」安東は片手を振った。「新山とはこの同窓会のためにメールのやりとりを何回かしたけれど、実際に再会したのは卒業以来今日がはじめてだ。避けられるような憶えはないよ」

「まあ、そうだろうな」

それで会話が終わり、また静かになった。沈黙が数秒も続かないうちに、今度は石丸が口を開いた。

「そもそも、新山さんは本当にドアストッパーをかけているんでしょうか」

五月が顔を上げて、後輩兼恋人を見た。

「石丸くん、どういうこと？」

「いえね」石丸は鼻の下を指でこすった。「優佳ちゃんは、五号室のドアの状態を確認して、六号室のドアがそれと違う挙動を示しているからドアストッパーがかかっていたと推測しました。説得力のある考えですが、六号室はボルトと受けの隙間がたまたま少なくて、閉めてしまえばほとんど動かないという可能性はないでしょうか」

石丸、余計なことを！

伏見は心の中で舌打ちをした。石丸も研究者だ。普段は道化の役回りを演じていても、頭は論理的にできている。その石丸の仮説は、優佳の仮説に対する反論として、とても整った意見だと思う。しかもどちらかといえば、伏見が希望する内容だ。それでもそれは余計なことだった。石丸の話を聞いた瞬間に、伏見は自分がひとつのミスを犯していることに気づいたのだ。

石丸は伏見の心情など知らずに、持論を展開する。

「安東さん。六号室も五号室と同じように閉められた状態でドアを押すと、やはりわずかに動くんでしょうか」

安東はゆっくりと首を振った。「そこまでは知らない。僕はここに住んでいたわけじゃないんだ。僕も兄貴に言われて、数回来ただけだ。だから客室のひとつひとつに関して、そこまでの知識はない」

「じゃあ、六号室の作りがそうなっていても、おかしくないわけですね」

石丸は胸を張った。

「確認は？」五月が尋ねた。今までのような、出来の悪い後輩に対する冷たい口調ではない。大人の男に向けた、節度を保った訊き方だった。「それを、どうやって確認すればいいのかしら」

その答えも用意しておいたのだろう。石丸は少し自慢げだった。「合鍵です」

「合鍵?」

「そうです」石丸は大学教官の顔で言った。「合鍵を使って解錠すればいいんですよ。それでドアが開けばストッパーはかかっていないし、優佳ちゃんの疑問は解消される。新山さんを起こすこともできます。一方開かなければストッパーはかかっているし、優佳ちゃんの推察が正しいことになります。なぜ新山さんがストッパーをかけたのかは、謎のままですけど」

「合鍵は持ってないよ」安東が重々しく首を振る。

「昼間に、そう言っただろう?」

けれど石丸は負けなかった。

「この世に存在してないわけじゃないでしょう? 静養中のお兄さんに借りれば鍵は開けられます」

「おいおい」さすがに見かねて、という感じで伏見が口を挟んだ。「俺たちはそうまでしてストッパーを確認しなけりゃならないのか? 五月さんの言ったとおり、新山が起きるのを待てばいいだけのことじゃないか」

石丸は赤面した。「それはそうですが……」

「そうね」五月が優しく言った。「石丸くんの考えは正しいけれど、この場ではふさわしくないかもね。たとえば新山くんの身内に不幸があって、今すぐたたき起こさなければならないとか、そういうことでもない限り放っておいていいでしょう」

「——そうですね」石丸は引き下がった。勢い込んで話していたのに空振りしてしまって、少ししょげているように見えた。

「でも石丸よ。おまえの反論はなかなかのものだったぞ。賢くなったじゃないか」

伏見がこの話を終わらせるために、石丸を慰《なぐさ》めた。石丸はたいして嬉しそうな顔も見せずに「でしょ?」とだけ答えた。

「ちなみに、兄貴は近所にいないんだ」

慰めるつもりなのか、それとも追い打ちをかけるつもりなのか、よくわからない口調で安東が言った。

「いない？」

「うん」安東は困ったように笑った。「兄貴の静養先は、ニースなんだ。日本にはいない」

「ニース。フランスの……」

「もちろんニースまで合鍵を持って行ったわけじゃない。合鍵は、隠居した親父が管理している。兄貴の日本での住居はここだけど、留守宅に貴重品は置いておけないからね。だから親父の家にでかい金庫を据《す》え付けて、ここに置いておけないものは全部金庫にしまってあるんだ。だからもし合鍵を使って六号室を開けようとするならば、まずニースにいる兄貴を国際電話で捕まえて、合鍵を使用する許可を得る。次に親父の隠居先へ行って親父に金庫を開けてもらい、合鍵を取り出してようやく開けることができるんだ」

「あの、お父さんの隠居先というのは……」

「伊豆《いず》高原」

「伊豆高原って、伊豆半島の？」

「そう」

五月が吹き出した。「合鍵を取って戻ってくる間に、新山くんは起きちゃうわね」

今度こそ、がっくりと石丸はうなだれた。逆に伏見は安堵した。一時はどうなるかと思ったが、石丸がうまく自爆してくれたおかげで、それ以上議論が深まらなかった。伏見はこの時間帯に、「ドアストッパーが本当に使用されているのかを是が非でも確認しなければならない」という事態を避けたかったのだ。それはすなわち、部屋の中を眼で確認することに他ならない。そしてその方法はあるのだ。伏見の小さなミスによって可能となったその方法。伏見はそれが実施されることを恐れた。けれど、その危険性は回避できたようだ。

そしてこういう展開になってみると、石丸の仮説をみんなが聞いたことは、伏見にとって好都合なのかもしれなかった。石丸は六号室にドアストッパーはかかっていないかもしれない可能性を指摘した。そしてドアストッパーがかかっているかどうかは、合鍵がない限り部屋の外側からは判断できないとも。それを五月も安東も礼子も納得した。つまりこの段階では、優佳が指摘したように、新山の行動が不自然なのか不自然でないのかは、結論づけられないということなのだ。石丸が反論し、その内容が検証できないものだと皆が思いこむことによって、新山の問題は宙ぶらりんのまま保たれる。宙ぶらりんである以上、行動できない。それこそが伏見の望んでいることなのだ。

もし石丸が反論しなければ。あるいは奴がもう一歩議論を進めていれば。新山の行動は不自然だという優佳の意見を、全員が本気で取り上げてしまっていただろう。そして何とかして新山を起こそうと、大騒ぎになっていたかもしれない。そうなったらなったで対処法はあるのだが、その機会はできるだけ遅れて訪れてほしい。伏見はそう考えている。

ところが世の中、それほど甘くはなかった。

優佳が口を開いた。

「石丸さん。合鍵がなくても、ドアストッパーの有無は確認できます」

ぞくりとした。あわてて優佳の方を見ようとして、何とか思いとどまった。

「ちょっと、優佳」礼子がたしなめるように言う。「まだこだわってるの？」

優佳はそんな姉を無視して、安東に顔を向けた。

「安東さん。この宿に、梯子《はしご》はありますか？」

伏見は目を閉じた。やはり優佳は感づいていた。伏見が犯した、ミスとも言えないミス。他の連中はそのまま見過ごしていたそれを、優佳はしっかりと捉えていた。

「梯子？」安東が戸惑ったように答える。「確か、あったと思うけど……」

「それを使いましょう」優佳はきっぱりと言った。「梯子を離れの壁に掛けて、窓から新山さんの部屋を覗きましょう。先ほど窓を見たら、カーテンが半分開いているのが確認できました。六号室がわたしたち母屋の部屋と同じ構造なら、窓から覗けば真っ正面にドアが見えるはずです。ドアストッパーがかかっているかどうかは、窓から確認できます。もしかしたら、新山さんが眠っている姿を確認できるかもしれません」

そうだ。伏見がやってしまったケアレスミス。それは新山の部屋のカーテンを引かなかったことなのだ。

伏見が新山の部屋に入ったとき、カーテンが半分開いていて、そこから窓の外が見えていた。それだけの光源では薄暗いから、伏見は照明のスイッチを入れた。伏見はそのまま照明の明かりの下で作業を行い、新山を殺害した。部屋を出るときも、照明を点けっぱなしにすることを選択した。それはそれで間違いではない。問題は、カーテンを閉め忘れたことなのだ。カーテンが開いているということは、窓の外から部屋の様子がわかるということだからだ。

伏見は部屋の構造を思い出す。窓から部屋の様子がどの程度わかるだろうか。そしてそこからどんな知識が得られるだろうか。

もっとも心配なのは、新山がベッドに寝ていないことが見えてしまうことだ。ベッドはふたつある。一方のベッドは窓から丸見えだ。もう一方のベッドは見えにくいだろう。けれど見えてしまうかもしれない。梯子に登って窓から部屋の中を覗いたとする。そこでふたつのベッドに新山の姿がなければ、みんなはどう思うだろうか。部屋にいないことは考えにくいから、トイレか、風呂だろう。そこで風呂で眠ってしまって溺れる可能性を考える。どんな手段を用いても部屋に入って、新山の安全を確認しようとするだろう。将来的にはともかく、今は避けたい事態だ。

伏見は安東を見た。安東よ、と心の中で語りかける。思い出せ。この宿の特徴を。カーテンを閉め忘れたのは伏見のミスだが、それがなくても伏見は、新山の部屋に窓からアクセスされる可能性を考えていた。しかしそれは、最後から二番目、三番目の手段だと結論づけられると判断したのだ。部屋の状況を確認するための最後の手段はドアを破ること。最後から二番目の手段は窓を破ること。三番目が窓から覗くことだ。そのどれもが、普通の生活を送っている人間が取る行動としては、イレギュラーすぎる。しかもこの宿は、それらを阻害する要因がある。それは伏見がこの宿で殺人を実行すると決めるときに、判断材料のひとつになったことだ。安東よ。それを思い出せ。

安東は小さく首を振った。「優佳ちゃん、止めとこう」

優佳は首を傾げる。「なぜですか？」

「世間体《せけんてい》だよ」安東ははっきりと言った。「ここは成城だ。閑静な高級住宅街なんだよ。夜も十一時を過ぎている。こんな時間に壁に梯子を掛けて、窓から中を覗きこむなんて胡散《うさん》臭いことをしたくない。近所の人がそれを見たら、なんて思う？　ただでさえ兄貴は、ハイソな人間を招き入れる宿を開業して、最初は周辺の人間たちが住むこの場所に外部から白い目で見られたんだ。幸い宿泊客が近所迷惑になるような騒ぎを起こさず、近所の信用がやっとできたんだ。ここで妙な真似をして、この宿の評判を落としたくない」

「……」

優佳は黙って安東の話を聞いていた。安東はさらに話を続ける。

「止めておいた方がいい理由はもうひとつある。セキュリティだよ。優佳ちゃんには言ってなかったけ。この宿は警備会社と契約して、厳重なセキュリティシステムが導入されている。今は営業していないけれど、だからこそ留守宅の警備には気を遣っている。門と玄関は暗証番号がないと開かないし、生け垣は飛び越えるとセンサーが反応して自動的に警備会社に連絡がいく。窓も同じなんだよ。住宅への侵入は、多くの場合窓から行われる。だから窓に外側から何らかの力が加わったら、警報が鳴って警備会社から警備員が飛んでくるよう、システムは設定されている。そんなことになったら近隣は大騒ぎだ。兄貴のためにも、そんなことはしたくない」

「……」

「優佳ちゃんが鍵の問題を気にする気持ちはわかる。だけど、今はそれほど緊急を要するような事態は起きていないだろう？　へんてこな冒険をしてまで、確認するようなことではないと思うよ。繰り返しになるけれど、新山が起きたら解決する問題だ」

優佳はすぐには返事をしなかった。他人に気づかれないようにそっと唇を噛んで、「わかりました」と答えた。

伏見は小さく息を吐いた。安東は憶えていてくれた。この宿の厳重なセキュリティシステム。窓の外から部屋の様子を覗いていて、うっかり窓に手をついてしまったら、警報が鳴り響いて大変なことになる。それを恐れる安東は、窓から覗くことを許可しないだろう。それはこの宿を現場に選んだ理由のひとつだった。外部犯の可能性がなくなる代わりに、新山をそっとしておいてやれる。伏見の思惑は当たり、優佳は黙り込んだ。安東、よくやった――伏見はそう肩を叩いてやりたい気持ちだった。安東が思い出さなければ、伏見が指摘するつもりだった。けれど安東の口から言ってもらった方が自然だし、説得力がある。

柱時計を見る。午後十一時二十分になっていた。新山が死亡して六時間半が経過している。安東は優佳の説得に成功した。優佳にはこのままおとなしくしてもらって、このまま大過《たいか》なく過ごしたい。伏見はそう願った。

「それにしても、本当によく寝るわね。新山くんったら」

礼子がため息混じりに言った。優佳が妙なことを気にするのも、すべて新山が寝過ごしているのが原因だと言いたげな口ぶりだった。

「伏見さん、なにか怪しい薬を飲ませたんじゃないでしょうね」

伏見は軽く首を振る。

「残念ながら、ただの市販薬だ。俺も、安東も飲んでいる」

事実だった。あれは近所の薬局で買った市販の睡眠改善薬だ。

「誰でも確実にあれだけ眠らせる薬があったら、欲しいくらいだよ」

「あーっ、伏見さん、悪い目的に使おうとしているでしょう」

礼子が笑顔で非難した。伏見もにやりと笑う。

「当然だね」

「ひどいな」礼子がふくれる仕草をする。「優佳に飲ませちゃ駄目ですよ」

「だから、持ってないって」

「わたしなら」優佳が口を挟んだ。丁寧に作り込まれた笑顔。「熟睡してなくてもウエルカムですよ」

場が一気に沸《わ》いた。

「もし伏見が優佳ちゃんと一緒にいるために鍵をかけたのなら」安東が笑いながら言った。「僕には合鍵を使う度胸はないな」

石丸と五月がぎこちなく笑う。自分たちのことを言われたように感じたのだろう。ちらりと優佳を見る。優佳は伏見に小さくウィンクした。

「――あ、そうか」

石丸がつぶやいた。

「どうした？」

「いえ、今すごくくだらないことを考えたんですよ」

「おまえの考えることの九割八分はくだらないことだ」

伏見の指摘にも、石丸はめげなかった。

「実は、新山さんが出てこない理由を考えついたんです」

「へえ。どんな?」伏見は気のない返事をしながら身構えた。こいつは、何を言いだすのだろう。

「だから、くだらないことです」石丸は照れ笑いのような表情を浮かべた。「ほら、この宿はもっとも予約の取りにくい、女性憧《あこが》れの宿でしょう? もし新山さんに彼女がいたら、その人もここに憧れてはいないでしょうか」

礼子が椅子からずり落ちた。

「石丸くん。ひょっとして石丸くんは、新山くんが部屋にこっそり彼女を入れて、二人きりで過ごしているって言うの?」

「いけませんか」

「いけなくはないけど……」

「いけないわよ」五月が冷たく言った。「安東くんの話を聞いていなかったの? 門は暗証番号がなければ開けられないのよ。その彼女とやらは、どうやって暗証番号を入手したのよ」

「それは、新山さんが携帯電話で教えて……」

「僕は新山に暗証番号を教えてないよ」安東が答えた。「必要と思わなかったから。石丸にだって教えてないだろう?」

「じゃあ、安東さんが協力したんだ」

「そんなわけないだろう」

「第一、どうして新山くんはわたしたちに彼女を紹介しないのよ。堂々と連れてきて、堂々と一緒に滞在すればいいじゃないの」

みんなでよってたかって石丸の珍説を非難していた。自ら「くだらないこと」と前置きしたように、石丸本人も本気でその説を信じているわけではないようだ。にこにこ笑いながら「真剣に考えたのに。みんな、ひどいな」と嘆いている。その石丸を非難する先輩たちの顔も楽しそうだ。伏見は顔には出さずに安堵した。石丸は真相にわずかでも近づくことなく、時間だけを浪費してくれた。

さらに、石丸がこんなことを口にしたり、それを総出で非難したりするということは、まだ誰も新山の不在を本気で心配していないということだ。優佳がいくら訴えても。それが伏見にとっては大切なことだった。予想できたことだ。平凡な日常生活を送っている人間には、身近に異変が起こっているかもしれないとは、なかなか想像できないものだ。ドアに鍵をかけた新山の行動がいくら不自然でも、即異常発生という発想はしない。それが善良な市民というものだ。自らが演出したのでなければ、伏見自身もそう考えただろう。優佳の方が例外なのだ。その優佳は石丸攻撃には加わらず、静止したような笑顔で姉の友人たちのやりとりを眺めていた。

「そもそも、本当に新山くんがそんなことをしていたのなら、ずっと出てこないってことは逆にあり得ないわよ」五月がさらに追撃する。「怪しまれないようにするのなら、彼女を部屋に残して約束の時間に現れるでしょうね。いくらここが高級ペンションでも、同窓会の会場よ。みんなを放っておいて彼女と何時間も籠城するわけないでしょう？」

そこまで言われても、まだ石丸はめげていないようだった。五月に反論しようとする。「それでは、新山さんは部屋を出られない状況にあるとしたらどうですか？」

「例えば？」

五月が胡散臭げな表情を見せる。「っていうと？」

「例えば、足がつってしまって歩けなくなったとか」

「何時間も、足がつりっぱなし？」

「盲腸になったとか」

「じゃあ、彼女が救急車を呼ぶでしょうね」

「すっかり二人の世界に入りこんでしまって、時間を忘れてしまっているとか」

「新山くんは浦島太郎か」

五月がゆるゆると頭を振った。「バカだバカだと思っていたけど、まさかこれほどバカだったとは……」

ほとんどじゃれ合いに近い掛け合いが続いてい

く。この分なら大丈夫だ――そう伏見が思いかけたとき、それを止める声が響いた。

「そうでしょうか」

優佳だった。五月と石丸が同時に優佳を見る。

「なに？」

弛緩した年上の友人たちを見据えながら、優佳は酔いを感じさせない声で続けた。

「石丸さんの意見には、聞くべきものがあると思います」

「ええっ？」

驚いた声を出したのは、他ならぬ石丸だった。冗談で言ったのに、本気にされた――そんな顔をしていた。

五月が複雑な表情を浮かべた。「優佳ちゃん、あなたまで？」

優佳も複雑な表情を浮かべた。

「石丸さんは今、新山さんが部屋を出られない状況にある可能性を示唆《しさ》しました。それが本当だとしたらどうでしょうか」

「どういうことだい？」

安東が穏やかな表情で尋ねた。優佳は小さくうなずく。

「新山さんがずっと部屋を出てこない理由。わたしたちは新山さんが熟睡しているからだと考えました。なぜなら、新山さんは伏見さんの勧めに従って睡眠改善薬を飲んだからです。しかも、自分が持ってきた鼻炎薬と一緒に。薬は飲みあわせによっては激烈な効果をもたらすことがあります。新山さんは確かに花粉症の不快感を解消できたけれど、その代わりに強烈な眠気に襲われて、深く眠り込んでしまった。わたしたちはそういうふうに想像しました。けれど、新山さんにどれだけ薬が効いたかなんて、誰も確認していないことですよね」

「そうか」安東が手を打った。「優佳ちゃんはこう言いたいのか。新山は睡眠改善薬の効果で眠っているわけではない。何かのアクシデントで出られないのではないか……」

「その可能性がある、ということです」優佳は言った。「例えば心筋梗塞《しんきんこうそく》。あるいは脳梗塞。薬とは関係なく、しかも若い人でもあり得る疾患《しっかん》です。本人がなんの予兆も感じないうちに、突発的に起こる。新山さんがそういったトラブルのために部屋を出られない可能性はないでしょうか」

伏見は天を仰いだ。

なんてことだ。優佳は、すぐ身近に異変が起きている可能性を示したのだ。しかも、かなりの説得力を持って。

伏見は石丸を放っておいた自分の判断を悔やんだ。石丸の仮説は間違っていた。しかも――本人がわざとそうしたのだろうが――突っこみどころが多く、笑いがとれる種類の説だった。この話題が発展しても、伏見のデメリットにはならない。そう判断した。むしろこのまま雑談をどんどん盛り上げて、違う話題にスライドしていってもらい、時間を潰させた方が得策だと思ったのだ。

ところがこの場には優佳がいた。優佳は石丸の仮説に対する議論に参加せず、石丸を非難することもなく、ただ話を聞いていた。議論の推移を観察しながら、新山の様子を確認するように仕向けようと。優佳は自分の心配だけでは誰も動いてくれないと理解した。だから話の流れの中で自然とそうなるチャンスを待っていたのだ。伏見は優佳の沈黙を読み違えた。視線だけで周囲を見回す。五月はどう反応するだろう。安東はどう反応するだろう。礼子はどう反応するだろう。

「確かに一理あるわね」五月が口を開いた。「もう一度起こしてみて、起きてこないようだったら窓から覗いて確認する必要があるかもね。安東くん、どう思う?」

安東は柱時計を見た。現在、午後十一時四十分。

「四時前に解散したから、もうすぐ八時間経ちます。仮に新山が部屋に戻ってからすぐに眠ったとして、まもなく八時間になります。それだけ眠っておきながら、外部からの呼びかけに目を覚まさないとしたら、やはり何らかのトラブルを考えなければならないでしょう」

「すると……？」石丸が唾《つば》を飲み込む。自分の話が意外な展開に発展したことに戸惑っているのだ。

「新山が起きなければ、梯子を取り出して、窓から覗きこもう」

「安東さん、ご近所への立場は大丈夫なんですか？」

礼子が主婦らしい気遣いを見せる。安東は軽く首を振った。

「この際、世間体は無視する。なに、僕だってここの主の孫だ。近隣の人たちとは知らない仲じゃない。様子を見に来たら、きちんと説明するさ。警察に通報されたら、そのときだ」

全員が席を立った。離れへ向かう。行動を共にしながら、伏見は今後の展開を考えていた。新山はなにをやったって絶対に起きない。梯子を取り出して、窓を覗きこむことになる。覗きこむのは誰か。『丁稚』石丸になるのは確実だ。伏見自身が率先して行うことも不可能ではないが、多少の不自然さは伴うだろう。少なくとも、優佳が感づく程度の不自然さは。それは避けなければならない。石丸が窓から覗きこんだ、そのレポートを聞きながら対応を決めなければならない。

六号室の前に立った。家主代理兼幹事の安東がドアをノックして、新山を呼ぶ。それを数回繰り返して、返事がないことを確認した。続いて隣の五号室に入り、そこから内線電話をかけた。廊下で待機する伏見たちの耳に、ドアの向こうから呼び出し音が届いた。安東は呼び出し音を二十回鳴らして受話器を置いた。

「起きない」

安東はゆっくりと同窓会参加者を見回した。「どうしよう」

「梯子を出しましょう」石丸が決然と言った。「僕が確認します」

「そうね」五月も同意した。「優佳ちゃんの言うとおり、確認しておいた方がいい」

「よし、決まった。伏見、石丸。手伝ってくれ。倉庫から梯子を出す」

一行は階段を下りた。安東が自分が使っている部屋に戻り、鍵束を持ってきた。そのまま厨房に入り、庭の照明を灯す。玄関から庭に出た。

外の気温は、先ほどよりも下がっていた。ふと思いついたことがあって、伏見は優佳に視線を向けた。

「いったん部屋に戻って、上着を着てきた方がいいな。思ったより冷える。――みんなも」

伏見は一度自分の部屋に戻りたかった。しかし戻るには理由が必要だ。だからあえて自分から考えを述べた。この気遣いは伏見のキャラクターに合っているから、誰も不審には思わないだろう。案の定、反対するものはおらず、屋内に戻った。

伏見は一人離れに向かい、部屋に戻った。着てきたジャケットを引っかける。それほど厚手でもないから寒さ対策にはなりそうもないが、ないよりましだ。表向きの用件を済ませてから、作業に取りかかることにした。

窓の外から、六号室の中はどう見えるのだろう。伏見はここでシミュレーションをするつもりだった。それが部屋に戻りたかった理由だ。伏見のいる五号室と新山が死んでいる六号室は、左右対称になっているだけで、造りはほぼ同じだ。窓の外から覗くことに関して、条件は同じと言っていいだろう。

まず窓に向かい、カーテンを半分だけ開けた。次にツインベッドの手前側に座ってみた。窓を見る。カーテンの脇から窓ガラスが見えた。これならば窓の外から覗きこめば、手前のベッドに新山がいるかどうかは確認できるということだ。

次に奥のベッドに座る。ベッドの中央からは窓ガラスは見えない。角度が浅すぎるのだ。足下に移動する。ごくわずかだが、窓ガラスが見えた。窓の外からだと、ほとんど真横に見るような感じで覗くと、足下が見えるか見えないか、そんなところだろう。見えない可能性が高い。窓から得られる情報だけでは、新山が奥のベッドで眠っている可能性も否定できない。そういうことだ。

今度はトイレと浴室に通じるドアの前に立つ。このドアは別に奥まって設置されているわけではない。窓から丸見えだ。とはいってもドアは木製だから、浴室の照明が点いているかは、外部からは判断できないだろう。伏見はそう思った。

——いや、ちょっと待て。

伏見は浴室のスイッチを入れた。ドアを少し開けて、中が明るくなったことを確認してドアを閉める。そのまま窓に向かい、窓ガラスを背にして浴室のドアを見た。廊下に通じるドアに比べて、浴室のドアはさすがに簡素なものになっている。ドアとドア枠の間には、庶民の家庭と同じようにわずかな隙間があった。ここから明かりが漏れていないだろうか。目を凝《こ》らしてドアの上下を見る。薄ぼんやりと明るいようにも見える。しかしはっきりと確認できるほどではない。照明を消してみる。あらためて確認すると、その違いは認識できた。浴室の照明を消していると、ドアの下から漏れていた光がないことがわかる。けれどそれは点けたり消したりしたときのことだ。中に入れない状態では、それは不可能なことだ。つまり、窓の外からでは、浴室の照明が点いているかどうかは判断できない。新山が浴室で溺れているという結論にたどり着くには、これだけの情報では不可能だ。伏見は少し安心した。

部屋を出て、母屋に戻る。食堂には、すでに全員が集まっていた。

「遅かったな」安東が言った。別に怒った口調ではない。それでも伏見は「すまん」と謝った。「トイレに行ってたんだ。ちょっとワインを飲み過ぎたらしい」

優佳が何か言いかけたが、伏見は遮るように「行こうか」と言って歩き出した。

離れの脇に大きな倉庫がある。安東が鍵束から倉庫の鍵を見つけ出し、大ぶりの南京錠《なんきんじょう》を外した。力を込めて重いドアを開ける。入り口のすぐ近くにアルミ合金製らしい梯子が横倒しにしてあった。二連の、七、八メートルは伸びそうなやつだ。伏見と石丸が二人で倉庫から持ち出し、伸ばして六号室の真下に設置した。

「じゃあ、見てきます。上から見たものを報告しますから」

石丸が梯子の最下段に足をかけたが、伏見がそれを止めた。

「待て。梯子の上から大声で実況されたら近所迷惑だ。ポイントだけ見て、下りてきてくれ。報告は下で聞く」

石丸に余計なものを見せないための発言だったが、さほど不自然でもないだろう。石丸も不審そうな表情を見せずにうなずいた。

「なるほど。わかりました」

「ポイントはわかっているか？」

「新山さんが寝ているかどうかと、ドアにストッパーがかけられているかの二点ですね」

「ちゃんとドアストッパーのことも憶えていたか。たいした記憶力だ」

「当然ですよ。じゃあ、行ってきます」

「窓は覗くだけにしてくれよ」安東が横から言った。「触ると警報が鳴るぞ」

「了解」

石丸が梯子を上りはじめた。かなりの酒を飲んでいるはずだが、石丸はそれをまったく感じさせない足取りで梯子を登っていく。上りきると、窓に手を触れないよう慎重にバランスを取りながら、中を覗いた。梯子の上端を両手で持ち、頭を動かして狭い窓から中の様子をうかがう。しばらくそんなことを繰り返してから、石丸は下りてきた。

「よし、梯子を倒そう」

伏見と石丸とで、梯子をたたんで地面に寝かせた。植え込みの外からは、安東家の異変に気づいたような声はしなかった。おそらく誰にも見られていないのだろう。

「どうだった?」

五月が石丸に近づいて尋ねた。石丸は首を振る。

「新山さんの姿は、見えませんでした」

五月が怪訝《けげん》な顔をする。「見えない? いないんじゃなくて?」

「はい」

「詳しい話は中でしよう」伏見は指で玄関を示した。「先に戻っていてくれ。俺は梯子を倉庫にしまってくる」

じゃあ僕もと石丸が言いかけたとき、優佳がそれを遮った。「梯子は、まだ出しておきましょう」伏見を見る。「また必要になるかもしれないから」


伏見はすぐには返事をしなかった。優佳を見返す。優佳の顔には、どんな表情も浮かんでいなかった。操作をしていない、デフォルトの顔。

「——わかった。じゃ、戻ろう」

食堂に戻り、テーブルを囲んだ。テーブルにはまだワインが残っていたが、誰も口をつけようとはしなかった。

「姿が見えなかったって、どういうこと?」

五月が口火《くちび》を切った。にらみつけるように石丸を見る。石丸は道化の仮面を外し去り、大人の表情で五月に顔を向けた。

「窓から見える範囲では、新山さんの姿を確認できなかった。そういうことです」

安東が詳しい説明を求めた。石丸はうなずく。

「窓の半分はカーテンによってふさがれていました。だから見える範囲を精一杯使って中を覗きました。そこから見えたのは、正面のドアと、ふたつあるベッドの手前側だけです。ベッドにも、ドアの前の空間にも、新山さんはいませんでした」

「奥のベッドは？」安東が尋ねる。石丸は首を振った。

「見えませんでした。足の方、左隅は何とか見えましたが、新山さんの足はそこには見えませんでした」

「すると」五月がテーブルに肘をついて両手を組む。「そのベッドで眠っている可能性はあるわね」

「すみません」石丸が謝った。「そこまでは確認できませんでした」

伏見は安堵した。自室で確認したとおり、窓の外からでは、奥のベッドは見えなかった。

「あんたのせいじゃないわよ。それで、ドアストッパーは？」

石丸は、きっぱりと答えた。

「ドアの下にありました」

沈黙。誰も彼も、どんな反応を示せばいいのか決められないでいる。

ドアストッパーは噛まされていた。ドアの下に、内側から差し込む形で。

「なるほど」沈黙を破ったのは安東だった。「それなら合鍵を取りに行っても、意味はないね」

「そうですね」礼子が受ける。「合鍵を使って解錠しても、ドアは開けられません」

「それから、もうひとつはっきりしたことがあるわね」五月が言った。「内側からドアストッパーがかけられていたのなら、新山くんは間違いなく部屋の中にいる」

外からドアストッパーをかける方法を考案し、実行もした伏見が大きくうなずいた。

「そのとおりですね。部屋の外に出てしまえば、ストッパーはかけられませんから」

「とすると、新山くんは部屋のどこにいるのかしらね」

石丸が自分の顎をつまんだ。「奥のベッドは見えませんでした。だから、新山さんはそこにいる可能性が最も高いと思いますが」

「そうでなければ」優佳が補足した。「バスか、トイレ」

当然出る意見なのに、浴室に言及されて伏見はどきりとした。

「石丸くん。お風呂はどうだったの？」

礼子が尋ねる。石丸はまた首を振る。

「わかりません。バストイレのドアは閉まっていました。中に新山さんがいたかどうかは、ちょっと……」

礼子が唇を軽く噛んだ。「お風呂かトイレで、倒れている可能性もあるということね」

倒れている——その言葉に、また沈黙が落ちる。場の空気がどんどん重くなっていくのを感じた。

「眠っているのか、倒れているのか」伏見は口を開いた。「それはわからないけれど、約束の午後六時を過ぎているんだ。新山に意識があれば部屋から出てくるはずだ。あいつがこの場にいないということは、新山は意識を失った状態であることは間違いない」

伏見は安東を見た。「眠っているだけならいいんだが、そうでない場合、ちょっとやばいことになる。あの部屋に、強引に入ることも考えなければならない。安東、どう思う？」

「うむ」安東はそう言ったが、後の言葉が出てこない。黙ってワイングラスを見つめていた。

「強引に入るって」沈黙に耐えきれないように、石丸が口を挟んだ。「どうやるんですか？」

伏見は視線を安東から石丸に移す。

「単純なことだ。部屋が外と通じているのはドアと窓だけ。そのうちのどちらかを破ることになる」

「窓は破ると警報が鳴って、警備員が飛んでくるんでしょう？」

「じゃあ、ドアだ」

伏見の言葉に、石丸は半ば腰を浮かせた。「安東さん。この宿に、斧《おの》か鉈《なた》はありますか？　いざとなったら僕がドアを壊して――」

「バカ」

五月が遮った。「そんなことして、新山くんがただ寝ているだけだったらどうすんのよ。あんただって見たでしょう？　ここのドアは歴史のある品なのよ。安東くんのお兄さんが、傷を付けないように丁寧に鍵を取り付けたくらい、貴重なものよ。一枚いくらなのか、想像もできない。そんなのを壊して、あんた、弁償できるの？」

石丸がひるんだ。現実主義者の五月が続ける。

「お金で済めば、逆に大助かりなくらいだわ。たぶん同じものを探しても、見つかりっこない。六号室のドアだけ違うものに換えられる。いくら高級品を取り付けたとしても、妙に新しくてそこだけが周囲から浮いてしまう。それはこの宿の値打ちを大きく落とすことにならない？」

誰も返事ができなかった。静まりかえった食堂に、五月の声が響く。

「安東くんのお兄さんがとても大切にしている場所なのよ、ここは。そこに好意で滞在させてもらってるのに、仇《あだ》で返すようなことは、わたしにはできない」

「五月さんの言うとおりだ」伏見は重々しく言った。本音だった。

伏見がこの宿を犯行現場に選んだ、最大の理由がこれだ。他の建物だったら、新山の身が危ないと思えば、何とかして開けようとするだろう。建物の所有者に断り、ドアを壊してでも。ところがこの宿に関しては、それができない。この建物は、何かを傷つけるには「すごすぎる」のだ。

ここが普通の高級ホテルならば、部屋に入ることは簡単にできる。ホテル側に事情を話せばホテル側の判断で合鍵を使用し、チェーンロックを切断してくれるだろう。ドアを壊すまでもない。

けれどここは違う。まずドアストッパーが外から取りはずせない種類のものだから、建物の内部から部屋に入ろうとすると、ドアを壊すしかない。しかしオーナーは静養のため不在だから、判断できる人間がこの場にいない。それに新山の身に何かあったのかもしれないが、なかったのかもしれないのだ。そんな曖昧な不安を根拠に、歴史的に価値のあるドアを自分の責任で壊そうなどという人間はいない。たとえオーナーの弟の安東であっても。

だからドアは破られない。では窓はどうだ。もう日付が変わろうかという時刻だ。そんな深夜に、外から窓を破って入るなどと、一般人は考えないものだ。それは即泥棒を想像してしまう。善良な市民の心理的抵抗はかなりのものだ。

「ドアからは入れない」伏見は結論づけるように言った。「すると窓からだ。優佳ちゃん。君が梯子をまた使うかもしれないって言ったのは、この事態を想定していたんだろう？」

優佳は黙ってうなずく。伏見は優佳の読みの鋭さに呆れ果てていた。石丸から部屋の様子を聞きだす前から、新山の異状を確認する必要を感じていたのだ。

「もし窓から入るなら」五月が話を続けた。「明日の朝ね。陽が高くなってから、警備会社に連絡をして、セキュリティシステムを一時的に切ってもらう。そして警備会社の警備員に立ち会ってもらって、窓ガラスを丁寧にガラス切りで切って、掛け金《がね》を外して窓から入る。ガラスだけならば、それほどの出費ではない。そうするしかないわね」

「でも」礼子が反論した。顔が青白くなっている。「今、新山くんが苦しんでいるとしたら？　外からの呼びかけにも答えられず、電話にも出られない状態で苦しんでいるとしたら？　わたしたちはどうすればいいんでしょう」

「わからない」五月は即答した。「わからない」

伏見の狙いどおりだった。こうやって決めかねている間に、時間は過ぎていく。

「伏見さん、いいアイデアはありませんか？」

石丸が助けを求めるように伏見を見た。伏見は無力をアピールするように頭を振った。

「俺も基本的には五月さんに賛成だ。今回のことは、元はといえば俺が新山に睡眠改善薬を飲ませたことから始まっている。だから多少の金銭的負担は俺が被《かぶ》る。けれど今現在、新山が危ない状況なのか、それとも薬が効きすぎて眠っているだけなのかは、判断できない。情報が少なすぎる」

伏見はうなだれるように頭を垂《た》れた。

もっともらしい伏見の言葉に、誰も返事ができない。このまま「打つ手なし」という結論に持ち込めそうだった。しかし。

「伏見さんらしくありませんね」

鈴の音《ね》のような声が響いた。優佳だ。

「すべての情報を集めないうちから、情報が少なすぎるなんて言うのは、伏見さんらしくないですよ」

伏見はゆっくりと頭を上げる。やはりこの程度では、優佳を騙《だま》せなかったか。

「まだ、情報はあるっていうのか？」

「はい」優佳はしっかりとした口調で答えた。「この場の中で一人だけ、背筋が伸びていた。「石丸さんは窓から部屋を覗いて、そこから得られた情報をふたつしか教えてくれていません。伏見さんはどうして他の情報を尋ねないんですか？」

「えっ？」反応したのは石丸だった。「だって僕は、そのふたつしか見ていない。新山さんがいるかどうかと、ストッパーがかかっていたかどうか——」

「気にしたのはそのふたつだけでしょう。けれど他のものも目に入ったはずです。石丸さん、教えてください。どんな小さいことでもいいから、目に触れたものをすべて」

「すべてって……」石丸は途方《とほう》に暮れたように宙を見据えた。そんな大学助手に、研究者の恋人が声を掛けた。

「思い出しなさい。あんたの観察眼は、使いものになる」

厳しい口調だったが、間違いなく励《はげ》ましの言葉だった。石丸はそれに勇気づけられたのか、口を真一文字《まいちもんじ》に結んで眉根を寄せた。

――まずいな。伏見は場の展開を苦々《にがにが》しく感じていた。五月の言ったとおり、石丸の観察眼は侮れない。伏見にとって都合の悪いことを見ていて、それを思い出すかもしれない。しかも尋ねるのは優佳だ。優佳が重要な情報を引き出してしまうかもしれない。この場面では、伏見が介入した方がいいだろう。

「僕は梯子を登って、窓から部屋を覗きこみました。部屋は電気が点いていて明るかった」

石丸はそう切り出した。

「最初に目に入ったものはなんですか？」

優佳の質問に、石丸ははっきりと答えた。

「ウィスキー」

「ウィスキー？」

「うん」石丸の目に自信が戻っている。「窓のところにテーブルがあって、そこにウィスキーのボトルが置いてあったのが見えた。窓の真っ正面に」

「新山が土産に持ってきたやつだね」安東が思い出したようにつぶやく。「ニッカ余市蒸留所の、レアものってやつ」

伏見は犯行当時を思い出した。入浴事故の偽装のため、新山のボストンバッグから着替えを出す際に、衣類でくるまれたウィスキーのボトルをテーブルの上に置いた。それがそのままになっていた。それは、まずいことだろうか。伏見は考える。いや、新山が本当に入浴しようとしても、同じようにしただろう。特に不自然ではない。伏見は少し安心した。優佳に代わって質問する。

「石丸、それから？」

「テーブルの上には、ウィスキーの他にもいくつかのものがありました。はっきり憶えているのは携帯電話と部屋の鍵。他にも何かあったかもしれませんが、それは憶えていません。あと、籐椅子にTシャツが掛けてありました」

「Tシャツ？」

「はい。はっきり憶えていませんけど、確かトランクスもあった気がします」

「それは」優佳が口を挟んだ。「使用済みのものでしょうか。それとも身につける前のものに見えましたか」

「さあ、そこまでは」石丸が天井を見上げた。「ああ。でも、Tシャツは確か緑色だった。掃除をしているときの新山さんは、グレーのTシャツを着ていたから、新品だろうな」

「ふむ」伏見はいかにも石丸の証言から部屋の様子を想像しているような顔をした。「とすると、新山は風呂に入ろうとしていたのかな」

　将来的には、新山の死は風呂場で事故死したと判断されなければならない。最初に「新山が自分の意志で入浴しようとした」とみんなに刷《す》りこむことによって、その結論をスムーズに引き出す必要がある。そのための発言だった。

　だが、風呂に入ったと断定されるのも困る。風呂に何時間も入りっぱなしということはないから、即入浴中の事故か病気だという結論になってしまうからだ。すぐに何とかして部屋に入ろうという話になる。それは困るから、そのあたりを曖昧にしなければならない。優佳に議論の主導権を取られると、どのように結論を導き出されるか、わからない。だから伏見自らが口を開いたのだ。

「あるいは、実際にお風呂に入ったのか」

　優佳が指摘した。そうくると思った。一歩早く「入ろうとした」と『未遂』のニュアンスをみんなに刷りこめてよかった。

　優佳の言葉に、姉の礼子が反応した。

「お風呂に入って、新しい下着がそのまま？」泣きそうな顔になった。「ってことは、新山くんはお風呂で倒れてるの？」

「着替えを準備して、風呂に入る前にひと休みと思って眠りこんだのかもしれない」

伏見はあらためて反論してみせた。「奥のベッドが見えない以上、そうも考えられる。石丸、他には？」

「はい。それからベッドを見ました。手前のベッド。そこに新山さんはいませんでした」

「いないだけですか？」優佳が質問する。「手前のベッドが使われた痕跡は？」

石丸は宙を睨《にら》む。「いや、なかった。ベッドメイキングされたばかりのような感じだった。何も置かれていなかったし」

「なるほど」伏見は腕組みをした。「仮に手前のベッドが乱れていたのなら、そこに寝ていた新山が起きだして、浴室に入った可能性が高くなる。手前のベッドから、奥のベッドへ移動して寝直したとは考えにくいからな。けれどそうでない以上、風呂に入っているとは断言できない」

「なんかすっきりしないわね」

五月がコメントする。そのとおりだ。すっきりさせない方に話を誘導しているのだから。それでもうわべでは解決に向かっているように見せなければ。

「石丸。風呂に入った後の着替えについてはわかった。では、脱いだ方の服は見えたか？　もし新山が風呂場にいるのなら、脱いだ服があるはずだ。下着だけじゃない。ジーンズとか、靴下とか。そういうものは見えなかったか？」

伏見は脱がせた服を、籐椅子の座面に置いた。窓からは死角になる可能性も、見えてしまう可能性もある。それを確認しなければならない。石丸は懸命に思い出そうとしたが、やがて首を振った。

「見えませんでした」

「そうか」答えながら、伏見はホッとしていた。まだ状況は確定できない。しかし、さらに優佳の声が飛んだ。

「石丸さん。腕時計は？」

「えっ？」

「腕時計です。お風呂に入るときに、腕時計をしたままということはないでしょう。外したはずです。着替えを籐椅子に掛けたということは、そのとき腕時計を近くのテーブルに置いても不思議はないと思うのですが」

「え、えっと……」

また石丸が必死で思い出す。伏見は心の中で舌打ちする。まったく優佳は油断がならない。けれど大丈夫。伏見は新山の腕から時計を外して、眼鏡と共に枕元に置いている。奥のベッドの枕元は、窓からは死角になる。石丸は見ていない。石丸も首を振った。

「腕時計は、テーブルの上にはなかったよ。カーテンは半分しか開いていなかったから、テーブルも半分くらいしか見えなかった。だけど少なくとも見える範囲には、腕時計はなかった」

優佳が小さく息を吐いた。

「新山さんは腕時計をしたまま眠っている可能性も、外して窓から見えない位置に置いた可能性もあるということですか」

そういうことだ。石丸もうなずいた。

「カーテンが掛かっていない範囲内で、できるだけ部屋の隅々《すみずみ》まで見ようとしましたが、わかったのはそこまでです。後は何も見ることができませんでした。最後にドアを見て、ドアストッパーがかかっていることを確認したんです」

これで窓から見える光景についての議論は終わりだ。石丸を挟んで、なんとか優佳が「新山は浴室にいる」と断定するのを防げた。ほんの短い時間だったが、かなり濃密で、疲れた。知らずに道具にされていた石丸もそう感じていたようで、ぐったりした表情でワインを飲んでいた。

「まさか新山がクローゼットに隠れていることはないだろうから、あいつがいるところは奥のベッドか、バストイレだ」

安東が誰にともなくつぶやいた。「さて、どっちだろう」

「あれだけ電話を鳴らしても返事がないんですよ」

礼子が苛立《いらだ》たしそうに言った。「いくら薬で熟睡していたとしても、横でベルが二十回も鳴っているのに、ベッドですやすやと眠っているわけないじゃないですか。仮に奥のベッドにいたとしても、新山くんはただ眠っているわけではないに違いありません」

「それはつまり」五月が後を引き取った。「礼子ちゃんは、新山くんが倒れていると言いたいのね」

「嫌な想像ですけど」礼子は頭を振る。「もしそうなら、急いで助けないと」

五月が何か言おうとして黙った。五月は口に出しては何も言わなかったが、この場の人間には五月の声にならない言葉が聞こえた。新山は午後六時の集合時刻に来なかった。もし新山が身体に変調を来していたのであれば、その頃にはすでにその状態になっていたのだろう。返事もできず、電話にも出られないような状態に。もう日付が変わった。新山がいつ体調を崩したのかはわからないけれど、集合時刻の午後六時からでさえもう六時間が経過している。その間放っておかれた新山は、おそらく――。

さて、どうしよう。

伏見は考える。伏見は、新山の状態をまだ宙ぶらりんにしておきたい。新山がすでに死んでいると判断されるのも、それはそれで困るのだ。ここはひとつ、議論をもっと発展させて、結論を先延《の》ばしにするべきだろう。

「ドアにはストッパーが嚙まされていた」

そう切り出した。全員の視線が伏見に集まる。

「さっき石丸は、新山が彼女を連れ込んだなんて説を唱《とな》えていたけれど、あまり現実的じゃない。だから六号室には新山一人しかいないと考えていいだろう。となると新山は自分でドアストッパーを嚙ませたことになる。新山はあの部屋に誰も入れる気がなかったし、自分も部屋から出る気はなかった。さっき優佳ちゃんが提起した問題だ。なぜ新山は部屋の鍵をかけたのか。ドアストッパーまで使って、誰も部屋に入れないようにしたのか。新山が体調を崩したとして、それに関係することなのか。どうなんだろう」

「そうね」五月がホッとしたように答えた。新山はもう死んでいる、という結論を今すぐ出さずに済んで、安堵したのだろう。

「新山くんは自らの意志で鍵をかけた。それは間違いない。そして彼は部屋から出てこない。優佳ちゃんは新山くんが部屋から出られない状態にあることを心配しているけれど、彼は起きていて、なおかつ部屋から出たくないのかもしれないわね」

「出たくないって」礼子が戸惑う。「どういうことですか？」

「それはわからない。わからないけれど、その可能性もあるということよ。石丸くんが部屋を覗いたときには、死角で息を殺していたのかもしれないしね」

「どうして隠れるんですか？」

「わからないって言ってるでしょっ！」

五月が大声を出した。礼子が身をすくませる。五月は頬を赤くした。ごめん、と小さくつぶやく。

「本当にわからないのよ。というか、判断できない。こんな時間になっても新山くんは部屋から出てこない。最初はよく寝るわねって笑ってたけど、ここまで来ると異常だわ。彼の身に何かが起きている可能性は高い。けれど、それを確かめるためには、建物を損壊しなければならない。こんな場所で、深夜にやることじゃないわ。それをやってしまうと、安東くんのお兄さんに大きな迷惑がかかる」

「兄のことなら心配しないでください」安東が穏やかに言った。「兄貴も身体を壊した人間です。人の命を守るためなら、ドアの一枚や二枚に文句は言わないでしょう」

優しい言葉だった。けれど五月は首を振った。

「もし新山くんが本人が意図しない急病で倒れたのなら、その言葉に甘えることもできる。ただ、それならあの部屋に鍵はかかっていないでしょう。少なくとも、ドアストッパーは必要ない。けれど、新山くんは自らの意志で他人の侵入を拒《こば》んでいるのよ。優佳ちゃんが最初に指摘し、伏見くんが思い出させてくれたように。彼に何かがあったとしても、それは彼の行動が原因かもしれないのよ。薬の作用で眠り込んでいる可能性だって、まだ否定されたわけじゃない。このメンバーの最年長として、『建物は壊しました、それは後輩の寝坊が原因です』なんてことは、わたしには、言えない」

正直な発言だった。正直であるが故に、誰も反論できなかった。そしてその正直さは、伏見がもっとも望んだものだった。

五月自身は意図していないだろうが、彼女は「この事態を引き起こした張本人は新山自身だ」と言っているのだ。新山本人が鍵をかけた——この考えは、由緒《ゆいしょ》ある建物を壊してまで奴を救おうとする意欲を萎《な》えさせるのに充分だった。その証拠に、あれほど新山救出を主張していた礼子でさえ、五月に再反論できずにいる。伏見が密室を構成したのは、もともと議論をこういうふうに導くためではなかった。なかったが、議論がこう展開してくれたのは僥倖《ぎょうこう》だった。伏見は別に自分の能力を自慢するつもりはない。けれど警戒していた優佳の疑問まで利用して、話を自分の有利な方へ持っていけた。その事実に満足していた。

奇妙な沈黙が流れた。今晩どのような結論を出すべきなのか、誰もが決めかねている。

もっとも無難《ぶなん》な選択は、このまま寝てしまうことだ。そして朝になってから警備会社を呼んで、窓を破る。おそらく五月と安東はそうしたいと考えているだろう。伏見自身もそうだ。

ただ、それでは友人を見殺しにしてしまう可能性がある。新山がなぜ鍵をかけたのかはともかくとして、目の前に苦しんでいる友人がいるかもしれないのに寝ていられない、という気持ちがある。礼子がそうだし、行動派の石丸もそうだろう。特に礼子は、同期の連帯感なのか、それとも個人の資質のせいなのか、五月の正しさを認めつつも、新山一人の責任にできずにいる。

では、優佳はどうか。彼女のことはわからない。優佳は自分のことを「冷静で、冷たい」と評した。彼女には悪いが、そのとき伏見は「そんなことないよ」と言ってやれなかった。事実だからだ。冷静で冷たい優佳は、新山の生き死にはあまり興味がないのだと思っている。新山の生死よりも、なぜ新山が部屋の鍵をかけたのか、それを知る方が重要だと考えていたとしても、不思議はない。

もちろんそれは不正確な考えなのかもしれない。優佳は成長の過程で暖かさを身につけているのかもしれない。本気で新山の身を案じ、姉と同じ意見を持っているのかもしれない。そうかもしれないが、伏見には信じることができなかった。伏見は優佳と再会した。そしてものの数分で、彼女が変わっていないことを知らされたからだ。

だから、優佳は新山本人のことを心配していない。それは伏見にとってはよくないことだ。優佳レベルの人間が、この事件に関して中心的な役割を果たすことは避けなければならない。

「あの」

石丸が口を開いた。今度は視線が石丸に集中する。「どうした?」

「その」石丸の顔は真剣そのものだった。少し青ざめてさえいた。「新山さんは自分で鍵をかけたんですよね」

「ああ、そうだろうな」

「そして部屋から出てこない」

「そうだな」

「僕たちは新山さんが部屋から出てこないことに関して、三つの可能性を考えました。ひとつは睡眠改善薬のために未だ熟睡している」

「そうだな」

「ふたつめは、体調を崩《くず》してしまい、出たくても出られない。急病か、事故の可能性です。そして三つめは、自らの意志で出てこない。つまり部屋を出る気がない」

「……………」

石丸は唾《つば》を飲み込んだ。

「今まで僕たちが考えていたように、最初の可能性であれば問題ありません。いずれ目を覚ますでしょう。けれど残りふたつのパターンだと問題です」

「それはもう議論したでしょう?」

五月が冷たく答える。けれど石丸は負けなかった。

「ふたつのどちらかという議論なら、もうやりました。けれど、このふたつの可能性が、同時に起こったとしたらどうでしょうか」

さらに反論しようとした五月の動きが止まった。口を半開きにしたまま、言葉が出ずにいる。

「石丸が言いたいのは」安東が代わりに口を開いた。「新山が自らの意志で、出たくても出られない状況に身を置いたってことだね。つまり――」

「自殺……?」

五月がようようのことで声を出した。石丸が沈痛な面持ちでうなずく。

「なぜ新山さんがドアストッパーまでかけて他人を部屋に入れないようにしたのか。自殺の邪魔をされないためだと考えたなら、優佳ちゃんの疑問にも説明がつきます」

「そんな、そんな!」礼子が叫んだ。「自殺なんて、そんなっ!」

強く頭《かぶり》を振った。その姿を見ながら、昔の礼子だったら長い黒髪が揺れて、さぞかし美しく見えただろうと、伏見は場違いな感想を抱いた。

石丸は悲しそうに礼子を見る。先ほど笑いを取るために珍説を披露した道化者とは、別人の顔をしていた。

「新山さんが、今この瞬間にもあの部屋で起きていて、僕たちを無視し続けている。そんなことが本当にありうるでしょうか。僕には考えられません。新山さんが自分から部屋の鍵をかけて、なおかつ出てこないという二つの事実を併《あわ》せて考えると、新山さんが自殺した可能性を考えないわけにはいきません」

五月が大きく息を吸った。安東がゆるゆると首を振り、礼子がテーブルに突《つ》っ伏《ぷ》した。優佳は、無表情だった。

新山が自殺。正直に言えば、伏見はその意見が出ることを予想しなかった。いや予想しなかったという言い方は正確ではない。伏見は新山殺害の計画を立案する際、自殺に見せかけて殺害することも考えていた。だが検討段階でそれを却下したのだ。

伏見は卒業後、数回しか新山と会っていない。新山が日常どんな生活をしていて、どんな悩みを抱えているのかわからない以上、新山の突然の自殺が不自然に見える可能性は否定できなかった。むしろどうしても死ねない理由があるかもしれないのだ。下手に自殺を偽装すると、かえって怪しまれるかもしれない。伏見はそれを避けたかった。最近は理由の定《さだ》かでない自殺も増加しているそうだから警察は納得してくれるかもしれない。だが、自殺に説得力を持たせようとすると、遺書を偽造しなければならないかもしれず、さらに地元でなく東京で実行する理由付けなどもしなければならない。偽装の点数が増えすぎてしまい、その結果破綻《はたん》を招く可能性があった。

そんなリスクを冒《おか》すくらいならば、事故に見せかけた方がはるかに楽だ。事故ならば本人も予想できない。事故が起こるべくして起きたという背景がきちんとしていれば、警察は納得するだろう。冬季によくある、練炭《れんたん》による一酸化炭素中毒死のように。

ともかく、伏見はこの宿に来る前から新山の自殺説は棄《す》てていた。だからこそ、いまさら石丸が自殺説を持ち出してきたことに意外な感じを受けたのだ。

だが自殺説も、有力な考え方ではあるが、決めてはない。急病と同じ程度の説得力しかない。まだ若い新山が急病になるより、自殺の方が死因としては納得しやすいという程度だ。だから石丸の唱えた自殺説も、これ以上議論は深まらない。残念ながら、自殺説はあまり時間潰しにならなかった。それでもみんなに「少なくとも殺人ではない」と思い込ませられる効果はあった。だから一定の評価をしていいだろう。

柱時計を見る。日付が変わって、十二時四十分。新山の心臓が止まってから七時間五十分が経過している。安東たちの感覚では、解散した午後四時からの勘定だから、八時間四十分だ。ここまでくれば当初伏見が主張したように、睡眠改善薬で熟睡《くみ》していると いう考えには、もう誰も与《くみ》しないだろう。いくら新山が昨晩北海道から上京してきて、その足で石丸と飲んで睡眠不足だとしても。新山は眠っているのではなく、別の理由で部屋を出られないのだ。事故か、病気か、それとも自殺かはともかくとして。後はいつ窓を破って部屋に入ることを決断するかだ。六号室に入って新山を確認することは、はじめから避けられないとわかっていたことだ。今伏見が考えなければならないのは、それが今でいいのかだ。

もう少し時間をもらおう——伏見はそう判断した。あと少しだけ引き延ばせれば、何人部屋に入ろうが関係なくなる。

「自殺だとすれば、俺たちはどうすればいいのかな?」表向き深刻そうな表情で、伏見は言った。

「石丸はどう思うんだ?」

「もちろん部屋に入って確認します」石丸にためらいはなかった。「何時だろうと関係ありません。警備会社なんて二十四時間態勢でやっているでしょうから、いますぐ電話して、セキュリティシステムを切ってもらいましょう」

「そうね」五月が同意した。「万が一自殺だとしたら、その可能性に思い至っていながら確認しないというのは、後々《あとあと》問題になるでしょう」

「そうですね」伏見もうなずいて見せた。今度は安東の方を向く。「では、実際にセキュリティシステムを停止させるためには、どうすればいいのかな。安東、どうなんだ？」

「あ、ああ」安東がためらいがちに答えた。「基本的には、石丸が言ったとおり、契約している警備会社に連絡して、止めてもらうことになる」

「じゃあ、電話しましょう」石丸が勢い込むのを、伏見が制した。

「ところが、そう簡単なものじゃないんだ。そうだろう？　安東」

「え？」石丸が安東に視線を移す。安東は困ったようにうなずいた。

「実は、そうなんだ。なんといっても、ことはセキュリティだ。本人確認もとれないうちに、電話一本で止められるわけがない。警備会社に電話すると、まず担当者がここに来る。その担当者が電話した人間が契約者であることを確認して、本部に連絡する。それを受けて本部がここのセキュリティシステムをストップさせて、それからようやく窓を破ることができるんだ」

「それに、どのくらいかかるんですか？」

「やったことがないから詳しいことはわからない。やっぱり兄貴の許可が必要だから、ニースにいる兄貴に連絡を取って、事情を説明してセキュリティシステムを停止させることに同意してもらう。兄貴が向こうの別荘にいれば、これはすぐに終わるだろう」

「安東、日本とフランスの時差は何時間だ？」

「八時間」

伏見はわざとらしく柱時計を見た。

「すると、今十二時四十分だから、フランスは夕方の四時四十分か。外出している可能性もあるけど、電話して迷惑な時間帯じゃないな」

「うん。手順としては、それから警備会社に電話する。電話番号は受付カウンターにステッカーが貼ってあったから、すぐにわかる。電話して担当者がやってくるのは、そうだな、この時間であれば、三十分から一時間くらいかかるだろう。その後が問題だな。現れた担当者に事情を説明して、担当者が本部に連絡を取ってシステムを停止してもらうのに時間がかかりそうだ」

「どうしてです?」

「常識的に考えてみろよ」安東の代わりに伏見が答えた。「深夜の一時前にいきなり電話をよこして、システムを止めてくれなんて言われて、はいそうですかというわけがない。もちろん窓の外側を清掃する必要があるから、定期的にシステムは止められているんだろう。けれどそれは平日の昼間に、オーナーと警備会社の担当者が立ち会ったうえでなされているはずだ。ところが今はオーナーがいない。しばらく休業することを、安東のお兄さんが警備会社に知らせているかどうかはわからないけど、知っていたら余計に怪しむだろう。安東がオーナーの弟であり、オーナー不在時には管理を任されていることを証明しなければならない。それに納得してもらえたら、さらに今ここで何が起こっていて、なぜセキュリティシステムを止める必要があるのかを延々《えんえん》と説明しなければならない。優秀な警備会社ほど疑ってかかるだろうから、それにどのくらい時間がかかるか、見当もつかない」

「すべて順調にいっても」安東が引き取った。「まあ、二時間から三時間はみておいた方がいいんじゃないかな」

「そんなに?」礼子が呆れたように言った。「そんなにかかるんじゃ、非常時にはなんの役にも立たないじゃないですか」

安東が弱々しく頭を振る。「システムを止めるなんていう、イレギュラーなことをやろうとするからだよ。これがシステムが作動したことによる通報だったら、警備員は十五分以内に飛んでくる」

「じゃあ、その警備員を呼べば――」

「百十番通報して、やってきた警官に道を尋ねるようなものだ」伏見が指摘した。「たぶんシステム運用に携わる担当者と、非常時にやってくる警備員では、与えられている権限が違う。警備員には、システムを止めるような権限はないだろう」

「そうね」五月も伏見に賛成した。「セキュリティシステムは外部からの不法な侵入を防ぐためのもの。そう簡単には止められないようにするのが普通だわ。いくら契約者の依頼でも。今回のように、急な依頼ということは、基本的にあり得ない」

「あり得ないって」石丸はまだ納得していないようだった。「現実に起きているじゃないですか」

「そういうときは、普通はドアの方を破るんだ」伏見が言い聞かせるように言った。「内部のドアはセキュリティシステムとは関係ないからな。五月さんが言ったとおり、セキュリティシステムは防犯のためのものだ。けれど今回、犯罪は絡《から》んでいない。病気か、事故か、自殺。急いで対処しなければならないのなら、システムを止めることを考える前に、ドアを破る方が一般的だろう？」

石丸が唇を噛む。伏見はたたみかけた。

「この宿が特別なんだ。ドアは木製だから、斧や鉈があれば、物理的には壊して開けることができる。けれどここのドアはそれをさせない。こんな建物に使われているドアだから、材質も造りも一級のものだろう。しかも歴史がある。歴史のあるものは、それだけで価値が高くなる。壊しておいて、新しい高級ドアを取り付けましょうとは言えないんだ。今程度の曖昧な情報では、誰にもそれを決断できない。それはこっちの都合だ。警備会社はこんなケースを想定していないだろう」

「じゃあ、どうすればいいんですか！」

石丸は苛立ったように叫んだ。反対に伏見は冷徹一歩手前の冷静さで答える。

「少なくとも、ドアを破ることには反対だ。やるなら窓だろう。それも、こんな深夜に連絡するのではなくて、明日の朝になってからが望ましい」

「そんな悠長《ゆうちょう》なことを……」

「もう一度状況を整理しよう」伏見は全員を等分に見て言った。「なぜ新山は部屋から出てこないのか。今までいくつかの可能性が提示された。まず睡眠改善薬の効果で、ずっと眠りこけている場合。これならばなんの問題もない。放っておけば起きてくる。窓を破る必要も、そのために警備会社へ連絡する必要もない。けれど起きている新山を最後に見てから、すでに九時間が経過している。まだ起きてこない以上、この可能性は低いと言わざるを得ない」

誰からも反論は出なかった。

「次に、新山が急病か事故で倒れている場合。ドアのノックにも返事ができず、電話にも出られないようになっている状態。おそらく昏睡状態だと思われる。これならば一刻を争うかもしれない。ただこの場合、急病も事故も本人が予想もしなかったことに違いない。それならば、新山がドアストッパーまで使って他人の侵入を拒んだ理由が説明できない。新山が何らかの目的を持ってあの部屋を閉め切ったとして、そんなタイミングでいきなり病《やまい》が新山を襲うなんてことが、ありうるだろうか？　偶然という言葉で説明できることだけど、確率的には低いと思う。もっとも、新山が安東の乱入を防ぐためにドアストッパーを噛ませた可能性は残っているが」

あれほど新山を心配していた礼子からも、異論は出なかった。礼子はずっと下を向いて伏見の話を聞いていた。

「最後に石丸が言及した可能性だ。つまり新山が自殺している場合。これならば新山にはあの部屋を閉め切る理由がある。自殺の邪魔をされないため。六時までは各自勝手に過ごすなんて約束ができていたとしても、自殺する側の立場では、いつ誰が入ってくるかわからないのは不安だろう。だからドアストッパーまで使用した。それはわかる。石丸に言われるまで俺も気づかなかったが、この可能性が最も高いと思う」

このメンバーで実質的にリーダー役を務める伏見が、はっきりとそう言った。食堂の空気が固まった。

「ただ、この場合新山はもう死んでいるのだから、一刻を争う必要はない。深夜に警備会社にセキュリティシステムを止めてくれなんて言って大騒ぎをしなくても、明日の朝連絡したので充分間に合う」

伏見はあらためて全員の顔を見た。

「つまり、今現在急ぐ必要はないんだ。みんな不安だろうけれど、総合的に考えて、明日の朝まで待つのが正しい選択だと思う。睡眠改善薬のせいで眠りこけているだけという可能性も、完全に消え去ったわけじゃないんだ。もう五分もすれば、あいつは起きだしてくるかもしれない。みんな、どう思う？」

広い食堂に、沈黙が落ちた。賛成も、反対もなかった。ただみんな黙っていた。理由は簡単だ。誰も彼も態度を決めかねているのだ。自分以外の人間に判断してもらい、指示してもらいたいのだ。しかもこのメンバーには、統率を取るべき人間が三人もいる。学生時代リーダー格だった伏見。最年長の五月。そして今回の幹事であり家主代理の安東。これが一人ならば、一致団結してその人間に判断を押しつけてしまえばいい。けれど現状ではそれもできない。本来なら昔からのリーダー格の伏見が、その任に当たるべきなのだろう。けれど新山を殺した犯人である伏見には、命令形で「朝まで待て」とは言えなかった。伏見もまた、自分以外の人間に判断してもらわなければならない立場なのだ。

無限と思われた沈黙を破ったのは、席を立つ音だった。

優佳が立ち上がっていた。

「どうですか？　みなさん、少しの間、頭を冷やしませんか？」

その場の全員がぽかんと口を開けて、優佳の凛々《りり》しい顔を見ていた。

「このままじっとしていても、結論は出ないと思います。ちょっとの間なら、新山さんは待っていてくれるでしょう。一時間――いえ、三十分だけ、自分の部屋に戻って頭を冷やしませんか？」

五月が大きく息をついた。

「そうね。優佳ちゃんの言うとおりだ。もう一度シャワーを浴びて、頭をすっきりさせましょう。優佳ちゃんは三十分って言ったけど、一時間もらえるかしら」

「そうですね」安東はグラスに少し残っていたワインを飲み干した。「今一時ちょうどです。二時にもう一度集まりますか。――それとも、そのまま朝まで寝ていてもいいですけど」

「いえ、二時に集まりましょう」石丸が立ち上がった。「このままずるずると、というのは避けたいです。どこかではっきりさせたい」

そういうことになった。誰もが疲れた足取りで食堂を出ようとする。そこに、もう一度優佳の声が響いた。

「五月さん」

五月がびくりと身を震わせた。足を止めて振り返る。

「なあに？」

その瞳にはいつもの鋭さがなかった。少しだけ疲れた、もう若いとはいえない女性の姿。そんな五月を、優佳は見据えた。

「五月さん。ひとつだけ教えてください」優佳は低いけれどよく通る声で、はっきりと言った。「四時から六時までの休憩時間のことです。あのとき、五月さんは石丸さんとずっと一緒にいたんですね？」

全員が足を止めていた。安東が、そして礼子が目を丸くしている。石丸は顔を真っ赤にしていた。

五月は「なぜそんなことを聞くのか」とは言わなかった。力のない笑みを漏らして、首を縦《たて》に振った。

「そうよ。よく知ってるわね。今からの一時間もそうするつもりよ」

五月はそれだけ言うと、石丸の腕をつかんで食堂を出て行った。優佳は伏見を見つめていた。伏見も優佳を見つめていた。安東と礼子は、状況を把握できずに戸惑うばかりだったが、すぐに食堂を出た。優佳はテーブルのワイングラスを厨房の流しに置いてから、伏見にぺこりと頭を下げて自室に戻った。最後に残った伏見は、小さく息をつく。

午前一時。伏見が新山を殺害してから、八時間十分が経過していた。

扉は、まだ開かれてはいない。

第四章

対話

無性に喉が渇いていた。客室には二本のエビアンが置かれてあった。一本はもう飲み干している。残った一本を手に取り、一息に半分飲んだ。

腕時計のアラームを集合時刻の午前二時にセットして、ベッドに寝転がる。頭がしびれているような感覚があった。朦朧《もうろう》としているわけではない。意識はしっかりしている。思考能力は鈍ってはいない。それでも伏見は、徹夜明けのような不安定な明晰《めいせき》さを意識していた。

腕時計を見る。午前一時五分。伏見はドアに鍵をかけていない。ベッドに寝転がったまま、ただ待っていた。

ほとんど待つことはなかった。すぐにノックの音がした。「どうぞ」と返事をすると、ゆっくりとドアが開いた。優佳だった。

優佳は、両手に荷物をぶら下げていた。右手にワイングラスを二脚。そして左手には赤ワインのボトル。伏見が土産に持ってきた、カリフォルニアワインだ。新山が起きたときのために取っておこうと言っていたオーパス・ワン。それを優佳は手に持っている。

「今、いいですか?」

ドアの隙間から、優佳は囁《ささや》きかけてきた。伏見は小さく笑う。

「君を閉め出すドアは持ってないよ。入っておいで」

わざと気障《きざ》な言い方をした。優佳の来訪を冗談でくるんでしまいたかった。

伏見は優佳が訪れることを予想していた。窓から見えた光景について石丸を挟んで議論して以来、優佳は自分の意見を言わなくなった。ただ他の人間が議論するに任せていた。終盤近くなって伏見が場の主導権を取ると、一切口を開かなくなった。あげくに休憩の提案だ。伏見にはぴんと来た。優佳はこの休憩時間を利用して、伏見の元を訪れようとするだろう。そして納得のいかないところを問いただすつもりなのだろう。それがわかった。だから伏見は優佳と一対一で話をする覚悟ができていた。はずだった。

けれどいざ来てしまうと、対峙《たいじ》する勇気が湧いてくるかどうか、自信がなかった。だから、冗談でくるんだ。優佳はそんな伏見の気持ちも知らずに、軽《かろ》やかな足取りで部屋に足を踏み入れた。伏見はベッドから身を起こし、籐椅子に座る。夕刻そうしたように、優佳にも籐椅子を勧めた。窓際のテーブルを挟んで、向かい合った。

「どうしたんだ？　いったい」

優佳が腰掛けるのを待って、口を開いた。優佳は口元だけで笑った。

「夜這いに来たんです」

伏見は頭を振る。「またそのネタか」

「半分は本気です」

そう言ってポケットからツールナイフを取り出した。ワインオープナーの付いている種類だ。「飲みましょう」

「いいのか？　新山が起きるまで取っておくはずだったけど」

優佳はツールナイフの刃で、ボトルの封《ふう》を切った。

「いいんですよ。新山さんはおそらく、もう亡くなっていますから」

あまりにさらりとした言い方だったから、伏見は危《あや》うく聞き流すところだった。しかし間違いはない。優佳は、新山は死んでいると言ったのだ。

優佳の顔を見る。整った顔には、なんの表情も浮かんでいない。ただ高価なワインにスクリューをねじ込み、失敗なく開栓することに集中しているように見えた。やがてポンといい音がして、コルクが抜けた。ふたつ並べたワイングラスに、丁寧に中の液体を注ぐ。

「さ、どうぞ。——って、伏見さんが持ってきたものですけど」

伏見は機械的にグラスを取り、優佳のそれと軽く触れあわせた。ひと口飲む。やはり、味はわからなかった。

「それで、なんの話をしに来たんだ?」

伏見はワイングラスを置いた。優佳の真意を見極《みきわ》めなければならない。優佳はグラスを手放さず、伏見よりひと口多くワインを飲んだ。

「もう、午前一時を過ぎています」唇に付いたワインを舌で舐め取る。「新山さんを最後に見た午後四時から九時間。集合時刻の午後六時からでも七時間が経過しています」

どきりとした。優佳は何を言おうとしているのか。優佳は少し上目《うわめ》遣いで伏見を見た。

「もうそろそろ、新山さんは発見されてもいいんじゃないでしょうか」

全身に鳥肌が立った。けれどなんとか身体は動かさずに済んだ。全神経を使って自然な動作でワイングラスを取り、一気に飲み干した。

「あらら。呷るお酒じゃないですよ」

優佳がいたずらっぽく笑う。伏見はといえば、ワインを飲んだことで、少し気持ちを落ち着かせることができた。

「発見されてもいい、とは?」

伏見は尋ねた。冷静な声を出すことができた。先制攻撃を食らったが、もう大丈夫。自分は優佳の話を受け止めることができる。

優佳も表情を戻した。

「セキュリティシステムのことなんです」

「セキュリティ?」

「はい。警備会社に連絡してシステムを停止してもらい、それから窓を破る話です」

「それが、どうかしたかい？」

伏見は先ほど交わした会話を思い出す。破綻はなかったはずだ。

「システムを停止するには、早くても二時間から三時間くらいはかかる。安東さんはそう言いました。オーナーであるお兄さんから管理を委託されている人です。その安東さんがそう言ったのなら、たぶん真実なのでしょう。でも、お姉ちゃんも言っていましたが、あまりに悠長すぎます。少なくとも、わたしはそう感じました」

「それについては説明したはずだけど」

そう。伏見は説明した。全員が納得するように。

「セキュリティシステムは切られないことを前提にしているから、停止には手間と時間がかかると」

優佳は曖昧にうなずいた。長い髪がわずかに揺れる。

「もっともらしい話です。というか、正しい話です。けれどあの場では、その結論が出るのはふさわしくないと思いました。あの局面では、お姉ちゃんが正しいんです。友達が重病で苦しんでいるかもしれないんですよ。一刻も早く助けないと。迷っている間に手遅れになったら、一生ものの後悔です。それなのに伏見さんは朝まで待とうと言いました。窓を破ると警報が鳴って大騒ぎになるし、セキュリティシステムの停止には時間もかかるからと」

「仕方がないだろう？　そのとおりなんだから」

「どうして大騒ぎしちゃいけないんですか？」優佳が語気を強めた。対話に乗ってこない伏見に苛立ったように。「確かに近所迷惑です。けれど、それだけのことです。後できちんと説明すればいいでしょう？　安東さんはご近所の方々とは知らない仲じゃないと言ってました。それならきちんと説明したら、かえって安東家の評判は上がりますよ。友人を助けるために、あえて窓を破って助けたと。大切な建物に傷を付けてでも、友人の命を優先したと。そう賞賛されるでしょう。世間なんて、そんなもんです」

「………」

「あのとき伏見さんが言うべきだったのは、あんな台詞《せりふ》ではありませんでした。『窓を破って、警報を鳴らそう』と言うべきだったんです。そうすれば警備員がすっ飛んでくるでしょう。そうしたら、その警備員に救急車と警察を呼ぶよう依頼すればいいんですよ。自分たちの友人を助けてほしいと。それこそが伏見さんにふさわしい言葉です。伏見さんは、冷静で熱い人です。必ず自ら行動を起こす。少なくとも、わたしの知っている伏見さんならそう言ったでしょう」

「その伏見は」伏見はため息混じりに言った。実際ため息が出た。「おそらく、すでにどこか遠くに消え去っているな。今の俺は、スケールの小さいただのサラリーマンだ。現役の研究者である君とは違う」

優佳は伏見の言葉を無視した。グラスを取り、ワインを飲む。優佳はすでに、伏見が変わっていないことを知っている。伏見が優佳が変わっていないことを知っているように。

「さっきも説明したはずだけど」空振りに終わった今の言葉がなかったかのように、伏見は言葉を継ぐ。図々《ずうずう》しさも必要だ。「俺が恐れたのは、『窓を破って部屋に躍《おど》り込んで、発見したのはすやすやと眠る新山だった』という事態だ。安東も五月さんも、同じ理由から慎重だった。そうでないと証明されない限り、窓を破るわけにはいかなかった」

あの場では、この説明で誰もが納得したはずだった。けれど優佳は素っ気なく言った。「証明されてますよ」

「え？」

「新山さんは睡眠改善薬のせいで健康的に眠っているわけではありません。そんなことはわかっていました。伏見さんにも、それはわかっていたことでしょう？」

「わからないよ」伏見は即答した。「どうして君はそう思うんだい？」

「Tシャツです」優佳は言った。その瞬間、伏見に犯行当時の映像が浮かぶ。入浴事故を装うために、ボストンバッグから取り出したTシャツ。新山は掃除で汗をかいたため、風呂に入ることにした。服を脱ぎ、着替えになるTシャツとトランクスを籐椅子に掛けた。そしてあらかじめ張っておいた湯船に入ったとき、うっかり眠り込んでしまい、溺れた。それが伏見のシナリオだ。優佳が言及したTシャツは、それを証明するものだ。何も不都合は、ない。

「ああ。石丸が窓の外から見た、あれね。で、それがどうかした？」

優佳は少し怒っているようだった。変な言い方だが、闘牛士にのらりくらりとかわされている闘牛の気分。あるいはのれんに腕を押したときの気分か。

「動きが変なんです」不機嫌を抑制しきれない、固い声だった。「伏見さんの説を真《ま》に受けると、新山さんの動きが変なんです。伏見さんは、新山さんはお風呂に入ろうと替えの下着を用意したけれど、あまりの眠気にちょっと横になって、そのまま眠り込んだのかもしれないと言いました。話だけ聞くと、確かにありそうな行動です。けれど、そのパターンで新山さんの動きを動線で捉えた場合、すごく変なんです」

「……」

伏見はすぐには返事ができなかった。新山の動きが変？　それがどういうことなのか、わからなかった。優佳は、そんな伏見を見据えて、はっきりと言った。

「手前のベッドに、新山さんは寝ていませんでした」

「……！」

伏見の脳に閃光《せんこう》が走った。それは、とてつもない恐怖を伴っていた。伏見はこの瞬間に、優佳の言いたいことがわかったのだ。

「新山さんの行動をトレースしてみましょう」伏見は衝撃を隠しきれなかったらしい。優佳はそんな伏見を見て、満足したように話を続けた。「部屋に戻った新山さんは、汗を流すためにお風呂に入ろうとした。シャワーだけで済ませようとしたのか、それともきちんと湯船にお湯を張ったのかは、今は問題にしません。とにかく新山さんは身体を洗おうとしました。入浴後の着替えをバッグから取り出して、籐椅子に掛けた。籐椅子はテーブルのすぐ近くにあります。この部屋がそうであるように。そしてこの部屋がそうであるように、テーブルは窓際にあります」

優佳は伏見を見た。「つまりその時点で、新山さんは籐椅子のすぐ近くにいたんです。そこで強烈な眠気を感じて、ちょっと横になろうとしたとき、手近なベッドはどっちですか？」

伏見は唾を飲み込もうとした。しかし口の中が乾いてうまくいかなかった。仕方がないからワインを飲んだ。高価なワインは、味がしなかった。

「石丸さんは『手前のベッドは使われた形跡がなかった』と言っていました。すると新山さんは奥のベッドで眠っていることになります。実際の行動を考えればおかしいことがわかります。ここの客室はすべてツインベッドですが、宿泊客は自分一人。そんな状態で、強烈な眠気に襲われた。どうしてわざわざ奥のベッドに行く必要があるんですか？　新山さんは手前のベッドに寝転がるのが自然なんです。それなのに、手前のベッドに新山さんの姿はなかった」

「………」

「ですからあのとき伏見さんが唱えた説は間違いです。新山さんが奥のベッドで眠っているとすれば、Tシャツが窓際の椅子に掛かっていることの説明がつかない。逆にTシャツが籐椅子に掛かっているのならば、新山さんは手前のベッドで眠っていなければならない。そのどちらでもない以上、新山さんはベッドにいるわけではありません。新山さんは、浴室にいるんです」

優佳の目に悲しみが宿った。

「新山さんは、浴槽で溺死《できし》しているのではないでしょうか」

伏見は目を閉じた。両腕が、新山の頭の感触を思い出して、ほんの少し、震えた。

しかし。優佳が指摘しなくても、それは六号室に入ればわかることだ。それを発見させて、事故死という結論が出るというのが伏見のシナリオだ。優佳が一足先にそこに行き着いてしまったのは予想外だったが、だからといって計画が破綻したわけではない。まだ事態は伏見のコントロールできる範囲にある。伏見は目を開けた。

「どうして、そう思うんだい？」

伏見はゆっくりと頭を振る。「新山は浴槽で倒れているのではないか。その仮説には説得力があったよ。そう言われてみると、そうじゃないかという気がしてくる。けれど、シャワーを浴びている最中に心筋梗塞を起こしたのでなく、浴槽で溺れたとどうして思うんだい？」

優佳の返事はシンプルだった。

「単に、確率の高い方を選んだだけです」

「どういうことだい？」

「新山さんの言葉を思い出したんです。解散する前、新山さんは『移動続きで足がむくんだから、風呂場で足を伸ばしたい』と言っていました。続いて石丸さんが『汗をかいたからシャワーを浴びたい』と続けたから、印象に残っているんです。ああ、新山さんは浴槽にお湯を張って、石丸さんはシャワーで済ませるんだなって。すると新山さんはシャワーではなくて、きちんとお湯を張った確率が高いんです。新山さんはゆったりと足を伸ばそうとして湯船に入ったのはいいけれど、睡眠改善薬の眠気に負けて、そのまま眠ってしまったのではないでしょうか」

「そして溺れてしまったと」

伏見は納得したようにつぶやいた。

しかつめらしい顔を作りながら、伏見は一気に視界が開けたような感覚を味わっていた。新山は浴槽で眠って溺死。伏見が描いたそのシナリオを、優佳はそのままトレースしてしまったのだ。これならいける——深夜一時を過ぎているというのに、伏見は元気が出てきた。

伏見は腕時計を見る。午前一時二十分。新山を殺害してから八時間三十分が経過していた。もう頃合いかもしれない。

「この場合、俺たちはどう行動するべきなのかな」

伏見は優佳のグラスにワインを注いでやりながら言った。自らのグラスも満たす。優佳が軽く首を傾げた。

「新山は浴室で死んでいると想像される。それを確かめるために、すぐにでも窓を破るべきなのか。それともどうせ死んでいるのだから、朝まで待って警備会社立ち会いの下で窓を破るか。どっちがいいだろう」

「すぐに確認した方がいいでしょうね」優佳は即答した。予想どおりだ。「このまま宙ぶらりんな一晩を過ごすくらいなら、大騒ぎをしてでも確認した方が、精神衛生上はいいですから」

「安東家に傷も付かないしね」

「そうです」

「じゃあ、そうしよう」伏見はワイングラスを空けた。「二時になったら安東に話して、ニースにいるお兄さんに騒ぎを起こす前に詫《わ》びておいてもらおう」

これで話は終わりだ。おそらく窓が破られて新山の死体が発見されるのは、二時半近くになるだろう。それから救急車と警察がくる。一応変死だから、実況見分が始まる。伏見は警察の捜査が、どの程度時間をかけるものなのか知らない。けれどどんなに素早く実行しても、新山の死体が搬送されるのは、早朝四時近くになるのではないだろうか。それでいい。そうなってはじめて、伏見の目的は達成される。

もちろんまだ完遂《かんすい》したわけではない。それはわかっている。けれど優佳が伏見のシナリオを信じた。午前一時三十分になろうとしている時点で、最も優秀な頭脳を持っている優佳が。そのことが、伏見に成功間違いなし、という確信を与えていた。

優佳はワイングラスを傾けた。まるで今までの話がなかったかのように、静かにナパ・バレーが生んだ最上級の味を確かめていた。こんな大人っぽい仕草が似合うようになったのか。伏見はそんな、場に不似合いな感想を抱いた。

優佳はグラスを空けた。伏見がボトルを取り、優佳のグラスにワインを注ごうとした。ボトルがグラスの縁《ふち》に触れたとき、優佳は口を開いた。

「新山さんは、どうしてドアストッパーをかけたんでしょうね」

伏見はその体勢のまま、凍りついた。

腕の操作を誤り、ワインが激しくグラスに注がれた。こぼす直前で、なんとかボトルをグラスから離した。高価なワインは、グラスの縁に表面張力でしがみついていた。優佳はゆっくりと頭を下げて、テーブルに置かれたグラスに顔を近づけた。細い指先で顔にかかる黒髪をかき上げ、口をグラスに付ける。音がしないように、そっとすすった。

「これじゃ、赤提灯《ちょうちん》のおじさんですよ」優佳は計算された照れ笑いを浮かべ、計算された真顔に戻った。

「新山さんは湯船で足を伸ばそうとして、そのまま眠ってしまい、溺死——ありそうな話です。本当にそうなのかもしれません。けれどそれなら事故です。新山さん本人も予想していなかったこと。急病と変わりありません。休憩前に伏見さん本人が話したとおりです。急病説では、ドアストッパーがかかっていた理由が説明できません。事故でも同じです。伏見さんは、どうしてその点を追及してこないんですか?」

「……………」

伏見は返事ができなかった。優佳の話があまりに伏見にとって都合の良いものだったから、それに飛びついてしまった。けれど冷静に考えたら優佳の言うとおりだった。伏見本人が、急病とドアストッパーをかけるという行為には、相容《あいい》れないものがあると指摘したのだ。それは議論を引き延ばし、結論を出させないための意見だった。それが今、伏見の足をすくった。

まあいい。ミスはミスだ。ここはひとつ、頭の固い会社員を装った方が得策だろう。

「優佳ちゃんの推察があまりに綺麗だったから、思わずそれに乗ったんだよ。細かいところまで検証できなかった」半分以上事実だった。だから素直にそう言えた。「でも、確かに君の言うとおりだね。Tシャツとベッドの推理から、新山が風呂で溺れているのは確実だと思える。では、あいつはどうしてドアに鍵をかけたんだろう。俺は『安東の乱入を防ぐため』という説を出したけれど、他の考えはあるかい?」

優佳の返答は簡単なものだった。「何も」

「何も?」

「はい。こればかりは部屋に入らないとわからないことです」

伏見は少し安堵した。優佳はこの問題に関して意見を持っていない。それならば、このまま「じゃあ、入って確かめよう」と流すのが適当だろう。

伏見はそう言おうとした。しかしその前に優佳が口を開いた。

「新山さんがなぜドアストッパーまで使って扉を閉ざしたのか。こればかりは部屋に入らないとわからないことです。ですが、部屋に入らなくてもできる想像があります」

優佳は伏見を見た。澄んだ瞳が伏見に向けられていた。優佳はひと言ずつ、明瞭な発音で言った。

「新山さんは、はじめから鍵などかけなかったのではないか――」

伏見の心臓が止まった。一瞬時間の感覚が失《う》せていた。伏見は悠久とも思えるほどの長い時間、優佳の顔を見つめていた。いや、それは正しくない。自分は今、美しい娘の顔を見ていたのではない。碓氷優佳という、ひとつの圧倒的な力を見ていたのだ。

優佳が頭を振った。それで優佳の視線が外れ、伏見は呪縛《じゅばく》を解かれた。心臓が動き出した。

「くだらない考えです。そもそもわたし自身が新山さんの部屋にドアストッパーがかけられている可能性を言いだしたのに。でも、夕方にも伏見さんに相談しましたが、新山さんが部屋に鍵をかけること自体に、わたしは不自然な感じを抱いていたんです」

「それは……」新山は無意識のうちに、と言いかけて止めた。それはドアストッパーがかけられていることがわかった時点で消滅した可能性だった。だから代わりに別のことを言った。

「でも、内側からドアストッパーがかけられていたのは事実だ。石丸が確認した。それなのに、どうしてあり得ないとわかっている考えを、俺に聞かせたんだ?」

優佳はテーブルを見ていた。

「ウィスキー?」

意味不明の発言だった。新山が土産に持ってきたウィスキー。それは鍵のかかった部屋にある。それがどうしたというのか。

「石丸さんは窓から隣の部屋を覗いた際、まずウィスキーが見えたと言っていました」

優佳はそう言った。伏見はうなずく。

「ああ、そうだったな」

「窓から覗きこんだとき、真っ正面に見えたということは、昼間なら日光が当たる位置にウィスキーのボトルは置かれていたということですね」

「……え？」

伏見の反応が遅れた。自分は今、何を聞いた？

優佳は淡々《たんたん》と話を進める。「新山さんはウィスキーマニアでした。わたしにはよくわかりませんが、今日持ってきてくれたのも、いい品なのでしょう。それなのに、いくら日差しが弱まる夕方とはいえ、わざわざ日光の当たる場所を選んで置くでしょうか？　新山さん自身が『貴重な酒を日光に当てたくない』と言っていたにもかかわらず」

腸《はらわた》がしびれるような感覚があった。

致命的なミス――そう思った。ボストンバッグから着替えを取り出すとき、着替えにくるまれていたボトルは邪魔だった。だから取り出してテーブルの上に置いた。ごく自然な動作だ。そしてそのままボトルを放置してしまった。伏見はあのときのことを思い出す。ウィスキーを置いた瞬間、テーブルにあった携帯電話に注意を奪われてしまった。呼び出し音が鳴ったらまずいと思い、マナーモードに切り替えた。危険をひとつ潰した満足感が、ボトルがそこにあることの意味を伏見に気づかせなかったのか。

いや、待て。

伏見は考え直す。ミスはミスだ。けれどそれは本当に致命的なミスなのか？　いくらでもごまかしが利く種類のものだ。伏見はそう信じこもうとした。

「新山が何時に風呂に入ろうとしたのかは、わからない」そう言った。「この時期の東京は、だいたい日没は五時半頃だ。集合時刻の六時直前に入浴しようとしたならば、日はすっかり陰《かげ》っている。酒を大切に扱う男が、窓の正面に置いても不思議ではない」

「その時間帯なら」優佳が答えた。「カーテンを閉めるでしょうね」

「閉めなかったかもしれない。独身男はそういうことに無頓着《むとんちゃく》だ」

「では、あれほど眠そうだった新山さんが、二時間ちかく眠らずに耐えて、入浴しようとして、力尽きてしまったと？」

「二度寝かもしれない」

「二度寝で、顔がお湯に沈んで目覚めなかったと？」

優佳の答えにはよどみがなかった。そんなことはとっくに考えていると言わんばかりに。

伏見は小さく息をついた。致命的なミス。それをあらためて認識していた。もちろんそれは物証にはなり得ない。むしろ警察の方が「ごく自然な動作だ」で済ませてしまうかもしれない。それでも新山をよく知る自分たちにとってみれば、それは間違いなく致命的なミスだった。

「石丸さんが覗いたのは、夜でした」優佳はそう言った。「夜ならば、窓から部屋の明かりは漏れても、日光は部屋の中に入ってきません。だからウィスキーに日光が当たる可能性に、誰も気づかなかったんでしょう」

でも、優佳は気づいた。よりによって、優佳が。

優佳は話を続ける。

「新山さんがウィスキーのボトルを日光にさらすとは考えにくいと思います。では、ウィスキーはなぜ窓際にあったのでしょう。おわかりですね。新山さん以外の人間によって置かれたのです」

足から力が抜けていく感覚があった。優佳の言葉のひとつひとつが、伏見から生命力を奪っていく。

「石丸さんは、新山さんが彼女を連れ込んでいて、そのために部屋から出てこないという説を披露しました。石丸さんは笑いを取るために言ったようですね。みんなからバッシングされても、にこにこと笑っていました。自分自身も信じていない仮説だったのでしょう。けれどわたしは、その意見には真実が隠されているのではないかと思いました」

あのときか。伏見は思い出す。石丸の珍説を、みんな笑いながら非難していた。伏見はそれを見て、誰も新山の不在を深刻に受けとめていないと感じて安堵したものだった。しかし優佳は、そこに謎を解く鍵を見いだしていたのか。

優佳の声が熱を帯びていた。

「あの部屋には、新山さん以外にもう一人いた。彼女ではなくても、その部分は当たっているかもしれない。そう思いました。では、そのひとは何をしたのでしょう。バッグからウィスキーを取り出してテーブルに置いたのではないでしょうか。なぜそんなことをしたのか。着替えを取り出すためです」

「……」

「新山さんの着替えを取り出すため、邪魔になるウィスキーを先に取り出して、テーブルに置いた。なぜ着替えを取り出したかったのか。新山さんをお風呂に入れるためです。では、新山さんはそれを黙って眺めていたのでしょうか。ありえませんね。それこそ彼女でもなければ、自分の下着を触らせたりしません。新山さんは眠っていたのです。睡眠改善薬によって。だからその人物は好きにできた」

伏見は目を閉じた。目を閉じて、決定的な言葉を待った。目を閉じてしまった伏見には、優佳が自分を見ているかどうかすら、わからなかった。

「その人物は、なぜ眠る新山さんを入浴させたかったのでしょうか。溺れさせるためです。――新山さんは、殺されたのです」

伏見は目を開けた。まぶたを閉じていたのは、それほど長い間ではないはずだ。それでも、そのゆっくりとした瞬きの前後では、何かが決定的に違っていた。伏見は魂のこもらない声で言った。

「新山は殺された」

優佳は返事をせず、伏見を見つめている。

「新山は殺された。そうかもしれない。けれどその考えには、大きな欠陥がある」

伏見の空虚な言葉が続く。「それはドアストッパーは部屋の内側からかけられていることだ。ドアの外からドアストッパーをかけるなんて、超能力でもなければ不可能だ」

優佳は答えない。

「では、あの部屋には今でも誰か——新山を殺した犯人——がいるのか。それも変だ。なぜならセキュリティシステムはまだ生きているからだ。それが作動していない以上、ここにいるメンバー以外の人物は、この建物にはいない。新山以外のメンバーは、全員揃っている。それでは犯人がいなくなってしまうんじゃないか？　やはりドアストッパーは、新山自身がかけたものだと思うよ」

「伏見さんらしくありませんね」

優佳がやっと返事をした。「ドアストッパーを外からかける方法なんて、些末《さまつ》なことですよ」

「些末？」

「それは、ただの技術的な問題だからです。まっとうな頭脳を持った人間が本気で考えたら、どうとでもできるでしょう。たとえば、接着剤でドアとストッパーを軽く接着しておいて、そっとドアを閉めればストッパーはかかります」

いきなり図星《ずぼし》だった。仕方がない。伏見自身も、計画の中では密室を作り出す手法など、些末なことだと考えていたのだ。それでも一応の反論はする。

「接着剤の跡が残る」

「じゃあ跡の残らない方法を考えればいいだけのことです。そんなふうに考えていけば、いつかは完璧な方法ができますよ。些末なことです」

「わかった。もうそれは、いい」伏見は手を振った。「それでも、まだわからないことがある」

「なんですか？」

優佳は臨戦態勢を整えたまま答える。伏見の気力はすでに萎えかけているが、優佳に最後までつき合ってやろうという気になっていた。伏見は背もたれから身を起こす。

「四つある。ひとつめは、なぜ犯人は新山をここで殺したのか——TPOの問題。ふたつめは、なぜ犯人は新山を殺すことに決めたのか——動機の問題。そして三つめは、なぜ犯人はドアストッパーをかけたのか。不慮の事故なのにドアストッパーがかかっているのはおかしいと言われるかもしれないのに、犯人はそれを選択した。なぜか。必要性の問題。最後にそれらを実行した犯人とは、いったい誰なのか。これらの問題に解決が与えられなければ、新山が殺されたという君の仮説には、合格点を与えられない」

「厳しいですね」優佳は苦笑した。「わたしにマッキントッシュの使い方を教えてくれたときは、もっと優しかったのに」

「歳をとって堪《こら》え性《しょう》がなくなったかな」

優佳は穏やかな微笑みを返した。

「では、それらの問題について考えてみましょうか。でもその前に、ひとつの前提を共通認識しておきましょう」

「というと?」

「この宿は今もセキュリティシステムが生きていて、外部からは他人が入ってこられない。だから犯人は現在ここに滞在している人間です。伏見さん、安東さん、五月さん、石丸さん、お姉ちゃん、そしてわたしです」

「――そうだね」伏見は同意した。「それは、共通認識になりうる」

「はい。では始めましょう。まず第一の疑問。なぜ犯人は新山さんを同窓会の席で殺したのか。伏見さんが指摘したとおり、妙な話ですよね。犯人はセキュリティシステムに守られたこんな宿を選んで、殺人を実行している。新山さんの死が殺人だと露見した場合、容疑者が限られてしまい、自らも疑われるのに。一見不自然に見えますが、実は単純かつ合理的な理由がそこにはあります」

「単純、かつ、合理的」

伏見は機械的に復唱した。優佳はうなずく。

「理由は簡単。新山さんが余市に住んでいるからです。他のメンバーはどこに住んでいるでしょう。五月さんはつくば。伏見さんと安東さんは東京。姉とわたしは川崎。石丸さんに至っては福岡です。わたしたちの誰かが新山さんを殺そうと思ったら、北海道までわざわざ旅をしなければなりません。わたしたちが捜査線上に浮かび、警察が当日のアリバイを調べたら、事件当日に北海道にいたことは簡単にばれてしまいます。そんなことをしたら、わざわざ自分が犯人であることを宣伝しているようなものです。新山さんを殺しに余市まで行くという選択肢は採《と》れませんでした。だから自身で制御できる場所で事故に見せかけようとしたのだと思います」

「なるほど」伏見はそう言った。「ケチをつけたいことはなくはないけれど、最後まで聞こう」

「ありがとうございます。では次の問題。動機ですね。なぜ犯人は新山さんを殺さなければならなかったのか。これは、保留にしておきましょう」

「保留？」

「はい。この後の、三つめの疑問に関わってくるからです」

　伏見はため息をつく気さえなくしていた。そんな言葉が出てくるということは、優佳はすべてを察していると考えてよさそうだ。

「三つめの疑問。なぜ犯人はドアストッパーまで使って部屋を閉め切ったのか。ドアストッパーは常識的には中からしかかけられない。新山さんは湯船で眠り込んだと思われる。その二点から想像できることはありますね」

　当然だ。それが一義ではないが、伏見はそれも考慮してあの部屋を密室にしたのだ。

「犯人は新山殺しを事故に見せかけるために、ドアストッパーをかけた」

　ところが今まで自信満々に語っていた優佳が、ここで小首を傾げた。

「そうかもしれません」

「ずいぶんと弱気だね」

「それもあるとは思うんですけど、それだけじゃないと思うんです。ドアストッパーを使ったというのは、事故や自殺に見せかけるにはいい手でしょうけれど、不自然さも生じてしまいます。事実、わたしたちは事故や急病とドアストッパーは並立しないのではないかと議論していたのですから。犯人は、不自然に見えることは承知のうえで、それでもそうすることを選択した。そんなふうに思えるんです」

「それはまた、根拠のない想像だ」

優佳は頭を振った。

「根拠と言っていいのかはわかりませんが、考えることはあります。これまたドアストッパーに関することなんですが」

「聞こうか」

「わたしは今、ドアストッパーを外からかける方法なんて、どうにでもなると言いました。けれど逆はどうでしょうか。ここのドアは、枠の廊下側が少しだけ出っ張っていて、閉まるドアを受けとめるようになっています。ですから部屋の外から見たら、床とドアの間に隙間はありません。物差しや針金のようなものを差し込んで、部屋の外から強引に取り去ることはできません。いったん仕掛けてしまえば、外から外す方法はないのです。ドアストッパーは、不可逆的な鍵なのです。そこにヒントはないでしょうか」

「ヒント？」

優佳はグラスを取って、ワインを一口飲んだ。

「犯人はなぜドアストッパーを使ってまであの部屋を閉じたのか。わたしは、犯人がドアストッパーの不可逆性を欲しがったからではないかと考えました。つまり犯人は、あの部屋に誰も入れたくなかった。そうではないでしょうか」

「……」

「なぜ入れたくないのか。今回の場合、新山さんの死体が見つからないうちに逃亡したいからではありません。共通認識として同意したように、犯人はわたしたちの中にいるのですから。新山さんが死んでいることが発覚する前に、逃げ出すことはあり得ません。ではなぜか。やはり新山さんの死を事故に見せかけたかっただけなのか。わたしは考えました。けれどわかりませんでした。だからもう一度、新山さんを最後に見てから、わたしたちがどのような行動を取ったのかを検証してみたんです」

伏見は力の入らない手でワイングラスを取った。液面が揺れた。新山の頭を押さえつけた手が、今になって疲労を訴えているような気がした。

「起きてこない新山さんに関して、わたしたちは最初、睡眠改善薬が効いて熟睡しているのだろうと考えました。この時点では、ドアを破って無理矢理部屋に押し入ろうとはしませんでした。あたりまえですね。返事がないくらいでいちいちドアを破っていたら、斧が何本あっても足りません」

そのとおりだ。それが一般市民の考え方というものだ。

「ところが、何時になっても、いくら起こそうとしても新山さんは起きない。さすがにおかしいぞと思いました。そしてドアストッパーがかかっている可能性に思い至り、さらには部屋から明かりが漏れていました。新山さんは部屋から出たくても出られない状態にあるのではないか。心配になったわたしたちは、窓から部屋の中を覗いてみました。その結果は、新山さんの姿は確認できないというものでした。ここでわたしたちは対処に困りました」

そう。困らせたのは、自分だ。

「新山さんはどうしてしまったのか。眠っているだけなのか、倒れているのか、それとも亡くなっているのか。けれどそのどれかがわからない。確認するための唯一の手段は部屋に入ることです。けれど合鍵は手元にない。あったとしても、ドアストッパーがかかっている。ドアは壊すには高級すぎる。窓を破ろうにも、窓ガラスを割った途端に警報が鳴り響いて警備員が飛んでくる。新山さんが危機に瀕《ひん》しているという確実な証拠がない限り、部屋に入るどの手段も実行するのがためらわれました。そして結論が出ないまま、だらだらとこんな時間になってしまいました」

こんな時間——。伏見は腕時計を見る。午前一時四十五分。新山の心臓が止まってから、もうすぐ九時間だ。

「わたしたちは結論を出すことができずに、ただ時間を空費《くうひ》していました。わたしたちはいったいなにをやっているんだろう。犯人はそうまでして、わたしたちを中に入れたくないのか。犯人はわたしたちに、何を望んでいるんだろう。そんなことを考えていたら、気づきました。犯人は扉を閉ざすことによって、わたしたちに時間を空費させること自体が目的ではなかったのかと」

「………」

「新山さんの発見を遅らせる。それこそが犯人の目的だった。犯人は何時ごろに新山さんを殺したのでしょうか。午後四時時点では、新山さんはまだ起きていました。犯人は新山さんが眠ってから行動を起こしたはずです。あれだけ眠そうな新山さんがすぐ寝入ることは予想できた。うたた寝が熟睡に移行するのに、三十分から四十分程度みればいいでしょうか。それから犯人は新山さんの部屋に入る。新山さんは自身の言葉どおり、鍵などかけていなかったはずですから。犯人は新山さんが熟睡していることを確認して、浴槽にお湯を張ります。あのサイズの浴槽にお湯が満たされるのに必要な時間は、だいたい二十分くらいでしょう。とすると、犯人が新山さんを殺したのは午後五時前後ということになります。もちろん多少の誤差はあるでしょうけれど」

見事な読みだ。推理というよりシミュレーションだが、だからこそ的中した。今さらながらその鋭さに感心する。

「仮に死亡時刻を午後五時として、午前一時の休憩まで、八時間も犯人は時間を使わせることに成功しました。今から部屋に押し入って新山さんを発見しても、すでに死亡した新山さんは警察の現場検証が終わるまでは湯船に浸かったままでしょう。病院に運ばれるのは、死後十時間近く経ってからになります。犯人には、その時間が必要だった」

ゴールは近い――伏見はぼんやりとそう思った。このまま優佳を走らせてもいい。でも挑戦を受ける側としては、もうひとつハードルを置かなければならない。

「君の推理は見事なものだけど」そう言った。「ちょっと偶然に頼りすぎているきらいがあるな」

「というと?」

伏見は口の中を湿《しめ》らせるために、ワインを飲んだ。

「俺たちのうち、誰かが新山を殺そうと考えたとしよう。だが新山は余市に住んでいる。そこまで殺しに行くことはできない。その点に関しては賛成だ。だから同窓会で殺すことにした。それもまあいいだろう。けれどそこからが問題だ」

「……………」

「いいかい? 犯人が新山を殺そうとしたとき『たまたま』同窓会が開催されて、遠く北海道から新山も『たまたま』出席することになった。その新山は『たまたま』花粉症で、『たまたま』同じ花粉症である俺が鼻炎薬代わりに睡眠改善薬を持ってきていた。そして『たまたま』俺が新山にそれを勧めて、『たまたま』新山はそれを飲んだ。おまけに『たまたま』自分が持ってきた鼻炎薬も一緒に飲んだ。新山は『たまたま』睡眠改善薬が効きやすい人間で、他人が部屋に入ってきても起きないくらい熟睡した。同窓会の会場は『たまたま』由緒《ゆいしょ》ある宿で、立派なドアを持っていた。だから安東のお兄さんは『たまたま』ドアを傷つけないような補助錠としてゴム製のドアストッパーを選択した。そして『たまたま』警備会社と契約してセキュリティシステムを導入した。そのシステムは『たまたま』窓を破ると警報が鳴る仕組みだった。犯人はそれらをうまく利用して、新山の死体をみんなから隔離していたっていうのか？　犯人とやらは、そんな偶然を当てにして、一所懸命部屋の外からドアストッパーを仕掛ける方法を準備していたっていうのか？」

「伏見さん」話の途中から、すでに優佳は不機嫌な顔をしていた。珍しく作られていない表情。まるで誇りを傷つけられた少女だった。

「伏見さん。ひどいですよ」優佳は本気で怒っているようだった。「そんなレトリックが、わたしに通用するわけないでしょう？　原因と結果をごちゃ混ぜにして、偶然で片づける。そしてそれは現実的でないからこれは事故だ――そんなわけはないでしょう。犯人は手持ちの材料で計画を組み立てて、実行に移せるときだけ移すつもりだったんです」

伏見はふうっと息をついた。やはり無駄だったか。

「いいですか？　そもそもこの同窓会は、なぜ開催されたんですか。安東さんのお兄さんが体調を崩されて、休業中に建物を傷めないために安東さんが考えついたんでしょう？　犯人はその話を聞いて、さらに新山さんが参加すると聞いて、それから計画を組み立てたんです。だからこの宿の特徴は偶然の産物ではなく、犯人にとっては材料に過ぎませんでした。ドアストッパーもセキュリティシステムも、ありとあらゆる可能性を考慮した犯人が、最も使える材料として選び取った結果に過ぎません。この宿のドアが、簡単に壊せるものだったら？　セキュリティシステムが契約されてなかったら？　ドアの補助錠がドアストッパーでなくてチェーンロックだったら？　それに対応した計画を立案するだけのことです」

優佳は一気に喋《しゃべ》って、一息つくためにワインを飲んだ。ボトルを取り、またふたつのグラスを満たす。

「新山さんが花粉症なのは、学生時代からです。それも材料のひとつです。睡眠改善薬で眠り込むかどうかだけが、賭《かけ》でした」

「犯人はそんなことに賭けたのか？　新山が眠らなかったら、どうするつもりだったんだ？」

「殺さないだけのことです」

優佳はあたりまえのように言った。

「世の中はありとあらゆる殺人が氾濫《はんらん》していますが、『締切のある殺人』というのがいったいどれだけあるのでしょうか。借金の返済期限が迫っていて、どうしても金が必要だったから金を持っている人間を殺した——そんなケースでもなければ、『どうしても今日殺さなければならない』というケースは少ないのではないでしょうか。今回の犯人もそうでした。新山さんが睡眠改善薬で眠らなければ、実行しなければいいだけのことです。犯人は計画を立案しましたが、具体的な行動は何も取っていませんん。黙って中止して、次の機会をうかがえばいいんです」

「行動していないというけれど」伏見は思いつく限り反論することにしていた。それが優佳のためだという気がしたからだ。「新山の部屋に入って、風呂の準備をしたりしているときに奴が目を覚ましたらどうするんだ？　申し開きができないじゃないか」

「できますよ」案の定、優佳は即答した。仕掛けの最中に新山が目を覚ました場合のことを、伏見も事前に考えていたのだ。それに優佳も到達したということだろう。

「簡単なことです。新山さんは汗をかいたまま居眠りしました。『そんなところじゃないかと思って、心配してやってきた。ほら、きちんと風呂に入らないと風邪ひくぞ』と言えば済むことです。何もおかしくはないでしょう？」

正解。

「優佳ちゃんが正しいことはよくわかった。それじゃあ言ってもらおうか。誰が、なぜ新山を殺したのか。そしてそいつはなぜあの部屋を閉め切ったのか」

優佳の顔が引き締まった。グラスを取ると、中の液体を一気に飲み干した。呷る酒じゃないと、自分で言っていたのに。

「この同窓会は、不思議なメンバーですね」そう言った。「伏見さん。五月さん。安東さん。新山さん。石丸さん。そしてお姉ちゃん。軽音楽部は、たくさんの部員がいたんでしょう？　それなのに、なぜこの六人だけが一塊《ひとかたまり》になったんでしょう。他の部員からは『アル中分科会』なんて呼ばれるくらいで、酒好きが集まったと言われていましたが、本人たちしか知らない共通点がありましたよね」

伏見はうなずく。「臓器提供意思表示カード」

「そうです。そのことを思い出したとき、なぜ犯人は新山さんの遺体を隔離しておきたかったのか、わかった気がしました。臓器提供意思表示カードは、脳死状態の人間から移植することに同意するものです。けれど、臓器によっては心臓死してからも、しばらくの間は提供できる臓器がありますよね。昼間に石丸さんが言っていました。角膜ならば、心停止後十時間は移植可能だと」

伏見はゆっくりと深呼吸をした。

「犯人があの部屋を閉め切った理由。それは新山さんの身体から、臓器を提供させないためだったのではないでしょうか。犯人は新山さんを殺した。仮に新山さんの遺体がすぐに発見されてしまったらどうなるでしょう。警察が呼ばれ、現場検証が始まります。その後新山さんの身体は遺体安置所に置かれるでしょう。そのときまでに、メンバーの誰かが思い出すかもしれません。新山さんは自分たち同様、臓器提供の意志がある。なんとか故人の遺志をかなえてやっていただけないか――そんなことを言いださないとも限りません。心停止後の臓器提供には家族の同意が必要ですが、新山さんは一人っ子のうえにすでに御両親を亡くされています。臓器提供意思表示カードがあれば、そしてそれが死後十時間以内であれば、それが実行されたかもしれないのです。犯人はそれをさせたくなかった。いえ、もっと強い気持ちでそれを妨害しようとした。新山さんの身体を、他人に提供させてなるものかと」

伏見はまた目を閉じた。ちゃちな仕掛けでドアストッパーを部屋の外からかけて、新山の死体を「保管」した。誰の手にも触れさせないように。優佳が推察したとおり、そのまま十時間の時間が過ぎていってほしかった。だからあの手この手を使ってみんなをごまかし、新山の状態を曖昧なままにした。それは成功したのだ。優佳に気づかれるまでは。

冷たいはずの優佳の頬が紅潮していた。

「犯人は、なぜそうまでして新山さんの臓器提供を阻止したかったんでしょうか。その遺志まで踏みにじろうとするほど、新山さんが憎かったのか。違う、と思いました。怨恨《えんこん》、憎悪が動機ならば、金属バットか何かでめった打ちにした方が自然だと思いました。臓器なんて提供できる状態ではないくらいに。けれど犯人は、新山さんが眠っている間に死なせる方法を選択しました。新山さんは、自分が死んだことにすら気づかなかったのではないでしょうか。そこに、憎悪は感じられませんでした。では、なぜ殺したのか」

優佳はいったん、言葉を切った。大きく息を吸う。

「買春、ですね……」

すうっと全身から力が抜けた。わかっていたことだが、それを他人の口から聞かされると、やはり重かった。受け止めきれないほどに。

「新山さんが東南アジアで覚えた悪いこと。それは現地で売春婦を買うことだった。犯人はそれに気づいたんです。なぜなら、新山さんは買春の証拠を、その身体に残していた。性感染症です」

優佳は汚いものを口にしたように唇を曲げた。

「在宅でできる郵便健康診断キットには、性感染症を診断するキットがあるんですね。安東さんは『変な感染症』なんて表現をしていたけれど、私にはピンときました。新山さんが東南アジアで悪いことをしたと聞いたすぐ後の話だったからです。そして新山さんは黙り込んだ。それらを結びつけても、無理はないでしょう。犯人は新山さんにモニターとして性感染症の検査キットを送り、その結果によって感染の事実を知ることになったんです。犯人は新山さんに検査結果を突きつけて、新山さんがなぜ感染したのか、その理由を聞き出したのでしょう」

健康診断キットに関係している人間は、この宿には一人しかいない。

「友人が東南アジアで買春していた。それを知ったとき、犯人はどう考えたのでしょうか。現代の医学なら性感染症は治療できる。臓器提供のドナー適応基準にも記《しる》されていません。だから本人に『もう買春なんか止めるように』と厳しく言うだけでよかった。事実そうしたでしょう。それでもしょせん他人の問題です。『仕方のない奴だな』で済ませていたかもしれません。けれどその後犯人の側に、大きな転換点がありました。――骨髄提供です」

この宿に骨髄提供をしたことのある人間は、一人しかいない。新山の感染が判明したのは三年前。そしてその人間が骨髄提供の手術をしたのは、一昨年から昨日までのどこか――。

「犯人は臓器提供意思表示カードを持ち、骨髄バンクに登録していたけれど、まさか本当に提供の日が来るとは思ってもみなかったでしょう。それまでは『臓器なんてパーツだから、他人に移植して有効利用した方がいい』という割り切った考えでいただけです。けれど実際に提供してはじめて、わかったことがありました」

優佳は悲しみと愛情の混じった瞳で伏見を見た。伏見には、それが作られたものではないとわかった。

「直接会うことはなかったけれど、犯人は自分が骨髄を提供した患者がどれほど苦しんで、適合するドナーが現れるのを切望していたかを知ってしまった。自分のほんの一部分が、他人にとってどれだけ大切なものになりうるのかを知ってしまった。だから骨髄を含む臓器を提供する側は、心身を清廉《せいれん》にして、自分の一部が移植先で、正々堂々と活動できるようにしておかなければならない。実際に提供した経験を持つ犯人にとって、臓器提供というのはそういうものになったんです」

伏見は腰に手を当てた。幻痛が走る。骨髄を提供する際、太い注射針を刺した痕の痛みだ。伏見にとってその痛みは勲章《くんしょう》だった。伏見はその勲章を得た誇りを、誰とも共有する気はなかった。提供手術によって得たもの。それは伏見にとってそれほど大切なものだったのだ。

「一方、買春は身を汚《けが》す行為です。性感染症ばかりか、HIVに感染する可能性すらあります。そんな行為を繰り返しながら、他人に臓器を提供しようとする人間がいる。新山さんは東南アジア通いを止めるつもりがない。昼間にそう言っていましたね。新山さんは身を汚し続けながらも、臓器提供意思表示カードを手放すつもりもなかった。犯人にとっては、それは許せないことだった。もし新山さんが取り返しのつかない病気に感染したら？　それが体内に潜伏していて、検査をしても陽性反応が出る前に臓器移植の機会が訪れたら？　その病気は、移植を待っている人の体内に入っていくかもしれない。そのことは、臓器を提供してくれる人がいて、そのことを心の底から喜んでいる人を、再び地獄に突き落とすことになります。犯人はそれを防ぎたかった」

伏見も昼間のことを思い出していた。「今でも外国で悪さをしていないことを祈るよ。北海道の将来のためにね」と伏見は言った。伏見は期待していたのだ。新山の口から「もう二度としません」という言葉が聞けるのを。それならば、自分は新山を殺さずに済む。それなのに返ってきた答えは「まだまだバリバリやりますよ。落ち着くにはまだ若いですから」だった。あの瞬間、新山は自分自身の死刑宣告書に自ら署名したのだ。新山の返答を聞いたとき、伏見が漏らしたため息。あれは計画の実行が確定したことに対する慨嘆だったのだ。

伏見はボトルを手に取り、ワインをグラスに注ごうとした。けれど先ほどの一杯が最後だったらしく、ボトルは空になっていた。

「使命感、だったのでしょうか。犯人には、新山さんをもう一度説得して買春を止めさせ、臓器提供意思表示カードを破り捨てさせる道もあった。けれどそれをしなかった。高潔な犯人は買春という行為自体を嫌悪していたし、臓器提供意思表示カードを持ちながら買春することなど、絶対に認めることができなかった。あげくの果てが『自分が死んでも、臓器は他人の身体の中で生き続ける』です。病原菌にまみれた臓器を残そうというのか、ふざけるんじゃない、と思ったでしょう。もっとも仲の良い後輩だからこそ、犯人は許すことができなかった。――伏見さん。犯人は新山さんを殺害して、あの部屋を封印することによって、新山さんの臓器が取り出されて他人に提供されるのを阻止したんです。それが、犯人が新山さんを殺害した動機であり、部屋を閉め切った理由です」

優佳は大きく息をついた。

「ここで新山さんが北海道に住んでいたという事実が意味を持ってきます。新山さんが突然脳死状態になっても、犯人の近くにいない。新山さんは普段、犯人の近くにいないのです。犯人は自分の手の届かない場所で、新山さんの臓器が誰かに提供されることを恐れた。あくまで自分がコントロールできる状況下で新山さんに死んでほしかった。その機会を待っていた。わたしはこの殺人を締切のない殺人と表現しましたが、犯人の立場からすると、締切はなくても可能な限り早く実行したかった種類の殺人でしょう。新山さんが北海道にいる間は彼が死なないように願い、自分の懐《ふところ》に入ったときには確実に殺す。そんな一見不条理な状態に犯人はあった。そこから抜け出すためにも、今日の同窓会は、千載一遇《せんざいいちぐう》のチャンスだった」

伏見はその機会を逃さなかった。優佳の言うとおり。優佳の話はもう最終章に到達しつつある。

「ただ、新山さんにもいいところはありました。不道徳な面はありましたが、後輩の面倒見もいいし、わたしも嫌いではありませんでした。犯人も新山さんを憎んでいたのではない。けれど新山さんの行為は許すことができなかった。だから、本人の苦しみを最小限にして、さらに新山さんが買春を繰り返していたことを闇に葬《ほうむ》ろうとした」

沈黙が落ちた。優佳は自分の話に疲れ切ったかのように、籐椅子でうなだれていた。ボトルを取る。空になったグラスに、ワインを注ぎ足そうというのだ。けれど伏見のときと同様、数滴の酒が落ちてきただけだった。

「ここまでくれば、誰が犯人かなんて、どうでもいいですよね」そう言った。嫌そうだったが、話を中途半端で止めることはなさそうだった。

「犯人は、議論の途中で六号室に入ることをためらって見せた人間です。だから、一刻も早く新山さんの状態を確認しようとしたお姉ちゃんは違います。石丸さんも窓を破ることを主張していたから違う。わたしも同じ理由で外させていただきます。ためらっていたのは伏見さん、安東さん、五月さんです。このうち、五月さんは犯人ではありません」

「どうして？」

伏見は質問した。無意味とわかっていても。これは儀式なのだ。かつて惹かれながら逃げ出した自分と、優佳との。優佳もそれはわかっているようだ。あくまで真剣に、理性的に答えた。

「だって、五月さんは四時から六時までの間、石丸さんと一緒にいたんですよ。新山さんを殺しに六号室には行けません。アリバイがあります」

「石丸と共犯なのかもしれない」

「それなら石丸さんは、冗談にせよ新山さんの部屋に他の誰かがいた可能性なんか、示唆しないでしょうね」

「………」

「残るは伏見さんと安東さん。そして安東さんは、家主代理という理由で除外されます」

「どういうことだい？」

「ドアストッパーです」優佳はまたその単語を口に出した。「伏見さんは新山さんが自らドアストッパーをかけた理由として、ドアの錠だけだと安東さんが合鍵を持ち出して開けるかもしれないからと言いました。これは犯人の心理にもそのまま当てはまります。安東さんは合鍵を持っていないと言明した。けれどそれはすぐに持って来られるかもしれない。仮に安東さん以外の人が犯人ならば、安東さんが合鍵を持ってきて、六号室を解錠して新山さんを発見するのではないかという懸念を捨てきれなかったはずです。だからドアストッパーを使った。もし安東さん自身が犯人ならば、合鍵を入手するためには伊豆高原のお父さんのところまで取りに行かなければならないから、それだけで新山さんの臓器の品質保持期限が過ぎてしまうことはわかっていたはずです。安東さんが犯人だったら、ドアストッパーは必要なかった。ドアストッパーがかかっていた以上、安東さんは犯人ではありません」

——チェック・メイト。

伏見は大きく息をついた。目を閉じる。

自分は殺人を犯した。ここまで引っ張った以上、道を誤った新山の臓器が移植に使われることはないだろう。自分は目的を達したのだ。

警察が新山の死体を見て、どういう判断を下すかはわからない。ただ、伏見は同窓会の参加者たちに、新山が急病か事故か自殺かのどれかであることを、頭にたたき込んだ。安東たちの証言により、新山の死は事故として処理されるだろう。睡眠改善薬を勧めた伏見は周囲から責められるだろうが、それはそれだけのことだ。伏見は、自分が間違ったことをしたとは考えていなかった。

――優佳。

伏見は目の前にいるはずの優佳を思った。学生時代、後輩の礼子が連れてきた、高校生の優佳。その愛くるしい顔に、伏見は夢中になった。あくまで人形として。けれど優佳の能力を知って、伏見の心にはそれまでと違う感情が湧いてきた。一人の女として、伏見は優佳に惹かれたのだ。けれどあの晩、伏見は自分と優佳が別種の人間であることを知ってしまった。一見自分と似ているようで、決定的に違う優佳は、それ以来嫌悪の対象になった。伏見は優佳のようになりたかったのだ。けれどなれないこともわかっていた。だから遠ざけた。

その優佳は、今大人の女性として伏見の前にいる。その知性は加齢と共に衰《おとろ》えるどころか、さらに磨きがかかっていた。優佳は、閉め切られた部屋に入ったわけではない。それどころか、窓から中を覗くことすらしなかった。それなのに伝聞と論理だけで、現場を見ることなく事件の謎を解いてしまったのだ。

「伏見さん」

声が聞こえた。優佳だった。あらためて優佳を見る。

「伏見さん。物的証拠は何もありません。このままだと、新山さんの死は事故として処理されるでしょう。ただし、わたしがいなければの話です」

優佳の表情は真剣だった。作られていない、真の優佳の顔がそこにあった。

「あなたにとって、障害はわたしだけです。わたしをどうしますか？　この場で殺しますか？　それとも押し倒してわたしをものにして、味方につけますか？」

優佳は立ち上がった。つられて伏見も立ち上がる。

整った顔立ち。均整のとれた肢体《したい》。その物腰からは、大人の成熟が見て取れる。優佳は、美しかった。ワインに染まった口元が動く。

「さっき、夜這いに来たというのは半分は本気だと言ったでしょう？　わたしを押し倒してください。そして口封じをしてください。はっきり言って、わたしにとっては銀縁眼鏡の新山さんよりも、伏見さんの方が大切です。わたしたちがそういう関係になったのなら、わたしは伏見さんのために口を閉ざすことができます」

優佳は真剣だった。

「伏見さん。あなたは冷静で熱い人です。でもわたしは、冷静で冷たい。決してひとつにはなれない――そう思っていました。けれど今なら、今ならそれができそうな気がします。あなたの行為に対して、わたしは本気で対応しました。そしてあなたはそれを受け止めてくれた。今、この瞬間に、わたしたちは完全に対等になったんですね。伏見さん、今夜はあのときのように逃げないでください」

伏見の両腕が持ち上がった。優佳の両肩に乗る。そのまま優佳に体重を預けていく。優佳は逆らわなかった。手前のベッドに、二人で倒れ込んだ。

伏見が上になった。まだ両手は肩にかかったままだ。このまま乳房にも、首にも持っていける体勢だった。伏見はそのまま動かなかった。優佳も動かなかった。永遠と思えるような時間、二人は静止していた。

そっと――そっと伏見の両手が優佳を離れた。優佳が驚いたように伏見を見る。伏見は優佳をベッドに残して立ち上がった。

「止めとこう」

一瞬何かの感情が優佳の頬に出現しようとしたが、優佳はそれを抑え込んだ。「どうしてですか？」

伏見は力なく笑って見せた。「もう時間切れだ」

次の瞬間、電子音が鳴り響いた。午前二時にセットされた腕時計のアラームが、鳴っているのだ。

「意気地《いくじ》なし」

優佳が乱れた胸元を左手で直しながら立ち上がった。その顔には、完璧に作られた笑顔が浮かんでいる。「今日こそはって、思ってたのに」

伏見は眉をひそめた。

「もし俺が君を抱くんじゃなくて、首を絞《し》めたらどうするつもりだったんだ？」

「それはそれで、よかったんですけど」

優佳はそう言って、右手を伏見に見せた。右手には、刃がむき出しになったツールナイフが握られていた。

伏見は笑った。本気でおかしかった。やっぱり優佳は、こうでなくちゃいけない。

「首を絞めなくて良かったよ」

「わたしを抱かなかったことを、伏見さんは絶対後悔しますよ」優佳も笑った。ツールナイフをしまう。「こんなにいい女なのに」

伏見は笑いを収め、大人の顔で言った。

「約束の時間だ。さあ、食堂へ行こう」

伏見と優佳は一緒に食堂に戻った。すでに食堂には残り全員が揃っていたが、離れの方から一緒に入ってきた二人を見ても、何も言わなかった。

「——さあ、どうしましょうか」

石丸が言った。石丸も大人の顔をしていた。丁稚はもう卒業したようだ。伏見はそんな石丸にうなずいて見せた。

「窓を、破ろう」

終章
扉は開かれた

梯子が掛けられた。

現在、午前二時二十分。新山が死んでから、九時間半が経過していた。これでもう何があっても、新山の臓器が他人の身体に移植されることはない。後は、仕上げだ。

「じゃあ、行きます」

そう言う石丸を、伏見が止めた。

「俺が行くよ。どうやら今回のことは、俺の薬が原因みたいだからな」

睡眠改善薬の存在を強調し、自分に非があるよう印象づける。だから責任を取って深夜に窓を破るという蛮行《ばんこう》を、率先してやる。それにより伏見が誰よりも先に部屋に入り、物的証拠である飯粒を回収する。それが伏見の計画だった。

食堂に集合した面々に、優佳は新山が湯船で溺死した可能性を告げた。そこに至るまでの推理を聞いた参加者たちはそれを信じた。協議の結果、警報が鳴ることを承知で窓を破ることに同意したのだ。安東がニースに滞在している兄に連絡を取り、窓を破る許可をもらった。そして倉庫から金槌《かなづち》を取り出して伏見に渡した。

伏見は梯子を登る。梯子の下には石丸が待機している。そして六号室のドアの前には、安東、五月、礼子、そして優佳が伏見を待っているはずだ。

伏見は優佳を思う。自分はこれから優佳と、どう接すればいいのだろうか。今までのように、絶縁状態になるのがいちばんいいのはわかっている。けれどどこんな経験をした後で、優佳を無視し続けるのは困難だとも思えた。優佳が伏見の敵に回り、伏見をつぶしにかかる可能性もある。では、先ほどの続きをすればいいのか。押し倒して、味方につける。殺人者である自分に、それができるのだろうか。

できる、と優佳は言っている。もし自分の気持ちをあらためて受け入れてくれるのなら、恋人である伏見の罪を暴《あば》くことはないと。なぜならば銀縁眼鏡の新山よりも、伏見の方が大切だからだと。

――え？

伏見は金槌を握ったまま硬直した。優佳はあのときそう言った。『わたしにとっては銀縁眼鏡の新山さんよりも、伏見さんの方が大切です』と。銀縁眼鏡。なぜ優佳はわざわざ新山の眼鏡に言及したのか。

梯子の上で伏見の全身が総毛《そうけ》立った。決定的な証拠を残してしまったことに、今気づいたのだ。ウィスキーを日当たりのいい場所に置いたなどという曖昧なものでなく、決定的な証拠を。

伏見は新山の寝顔から眼鏡を外して、枕元に置いた。ベッドに寝転がって、それから眼鏡を外して枕元に置く。それが最も自然な動作だと考えたからだ。けれど、新山は強度の近視だった。眼鏡を外してしまえば、石丸と五月の区別もつかないほどの。それほど視力が悪いのに、はじめて泊まる宿の浴室に、眼鏡なしで行くだろうか。眼鏡をかけたまま浴室まで行き、すぐ近くの洗面台に眼鏡を置くのが自然ではないのか。けれど眼鏡は枕元にある。

この不自然さには、警察も気づくだろう。警察は新山の遺品を調べる。当然眼鏡もだ。捜査員が眼鏡の度数が極端に高いことに気づいたとき、新山が自らの意志で入浴しようとしたのではないということが判明してしまう。そして伏見の計画は瓦解《がかい》する。

優佳は、その可能性を指摘したのだ。石丸は枕元を見ていないから、眼鏡の存在に気づいていない。だから優佳も眼鏡の置いてある場所を知ることはできなかった。優佳は心配したのだ。伏見が不自然な場所に眼鏡を置いていないかを。心配したからこそ、あのような表現で伏見に注意を喚起《かんき》した。

伏見は力なく笑った。自分は優佳に完璧に負けたようだ。そして優佳は、さりげなく自分が伏見を助けたとアピールしている。どうやら伏見は優佳に従うしかなさそうだ。

自分は優佳を押し倒すことになるのだろう。伏見はそう覚悟した。そして二人は恋人同士になる。外部からうらやましがられるほどのカップルに。けれどその実態は、優佳に隷属《れいぞく》した伏見というものだ。しかし、それは自分にとって、不幸なことなのか？

「――伏見さん？」

梯子の下から石丸が心配そうに声をかけてきて、伏見は我に返った。

「すまん、今やる」

そう答えて、伏見は金槌を振りかぶった。狙いを定めてたたきつける。分厚いガラスが割れる感触があった。途端に警報が鳴り響いた。それにかまわず、割れた窓から手を入れて、窓のロックを外した。窓を開ける。そのまま室内に飛び込んだ。

警報は鳴り続けている。伏見はそれを無視してベッドに向かう。ポケットから手袋を取り出して、枕元の眼鏡を取った。素早く浴室に通じるドアを開け、洗面台の近くに眼鏡を置いた。視界の隅に新山の足がよぎったが、伏見はそれを無視した。

浴室のドアを閉め、ドアに向かった。ドアの前でかがむ。ドアストッパーを外した。ドアストッパーには、乾いた飯粒が張り付いていた。それを指でこそぎ落とし、口の中に入れる。飲み込んだ。これで人為的な密室の証拠は、消えた。

伏見は立ち上がった。ドアノブを握る。このノブを回して解錠すれば、目の前に優佳がいる。

伏見はドアノブを回した。がちゃりと音がして、ドアのロックが外れた。

扉は、開かれた。

ノン・ノベル百字書評

キリトリ線

なぜ本書をお買いになりましたか（新聞、雑誌名を記入するか、あるいは○をつけてください）

- □（　　　　　　　　　　　　）の広告を見て
- □（　　　　　　　　　　　　）の書評を見て
- □ 知人のすすめで
- □ タイトルに惹かれて
- □ カバーがよかったから
- □ 内容が面白そうだから
- □ 好きな作家だから
- □ 好きな分野の本だから

いつもどんな本を好んで読まれますか（あてはまるものに○をつけてください）

●**小説**　推理　伝奇　アクション　官能　冒険　ユーモア　時代・歴史　恋愛　ホラー　その他（具体的に　　　　　　　　）

●**小説以外**　エッセイ　手記　実用書　評伝　ビジネス書　歴史読物　ルポ　その他（具体的に　　　　　　　　）

その他この本についてご意見がありましたらお書きください

最近、印象に残った本をお書きください			ノン・ノベルで読みたい作家をお書きください		
1カ月に何冊本を読みますか	冊	1カ月に本代をいくら使いますか	円	よく読む雑誌は何ですか	
住所					
氏名		職業		年齢	
Eメール	※携帯には配信できません		祥伝社の新刊情報等のメール配信を希望する・しない		

あなたにお願い

この本をお読みになって、どんな感想をお持ちでしょうか。

この「百字書評」とアンケートを私までいただけたらありがたく存じます。個人名を識別できない形で統計処理したうえで、今後の企画の参考にさせていただくほか、作者に提供することがあります。

あなたの「百字書評」は新聞・雑誌などを通じて紹介させていただくことがあります。その場合はお礼として、特製図書カードを差しあげます。

前ページの原稿用紙（コピーしたものでも構いません）に書評をお書きのうえ、このページを切り取り、左記へお送りください。電子メールでもお受けいたします。なお、メールの場合は書名を明記してください。

〒一〇一―八七〇一
東京都千代田区神田神保町三―六―五
九段尚学ビル　祥伝社
NON NOVEL編集長　辻　浩明
☎〇三（三二六五）二〇八〇
nonnovel@shodensha.co.jp

NON NOVEL

「ノン・ノベル」創刊にあたって

「ノン・ブック」が生まれてから二年一カ月、ここに姉妹シリーズ「ノン・ノベル」を世に問います。

「ノン・ブック」は既成の価値に〝否定《ノン》〟を発し、人間の明日をささえる新しい喜びを模索するノンフィクションのシリーズです。

「ノン・ノベル」もまた、小説《フィクション》を通して、新しい価値を探っていきたい。小説の〝おもしろさ〟とは、世の動きにつれてつねに変化し、新しく発見されてゆくものだと思います。

わが「ノン・ノベル」は、この新しい〝おもしろさ〟発見の営みに全力を傾けます。

ぜひ、あなたのご感想、ご批判をお寄せください。

昭和四十八年一月十五日

NON・NOVEL編集部

NON・NOVEL—797

長編本格推理　扉《とびら》は閉《と》ざされたまま

平成17年5月30日　初版第1刷発行

著　者　石《いし》持《もち》浅《あさ》海《み》

発行者　深澤健一

発行所　祥《しょう》伝《でん》社《しゃ》

〒101—8701

東京都千代田区神田神保町 3-6-5

☎03(3265)2081(販売部)

☎03(3265)2080(編集部)

☎03(3265)3622(業務部)

印　刷　堀内印刷

製　本　明泉堂

ISBN4-396-20797-2 C0293

祥伝社のホームページ・http://www.shodensha.co.jp/